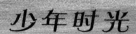

少年时光
SHAONIAN SHIGUANG

右手的秘密

［日］蓼内明子／著

［日］南柯浜／绘

黄育红／译

云南出版集团　晨光出版社

图书在版编目（CIP）数据

右手的秘密 ／（日）蓼内明子著 ；（日）南柯浜绘 ；
黄育红译. —昆明：晨光出版社，2023.3
　　（少年时光）
　　ISBN 978-7-5715-1378-8

　　Ⅰ. ①右… Ⅱ. ①蓼… ②南… ③黄… Ⅲ. ①儿童小
说－中篇小说－日本－现代 Ⅳ. ①I313.84

中国版本图书馆CIP数据核字(2022)第037351号

著作权合同登记号　图字：23-2020-230号

少年时光
—— SHAONIAN SHIGUANG ——

YOUSHOU DE MIMI

右手的秘密

[日]蓼内明子／著

[日]南柯浜／绘

黄育红／译

出版人	杨旭恒			
策　划	程舟行　贾　凌　朱凤娟			
责任编辑	朱凤娟			
装帧设计	唐　剑	**排　版**	云南安书文化传播有限公司
责任校对	杨小彤	**印　装**	昆明浤纶印刷有限公司
责任印制	廖颖坤	**版　次**	2023年3月第1版
出版发行	云南出版集团　晨光出版社	**印　次**	2023年3月第1次印刷
地　址	昆明市环城西路609号新闻出版大楼	**书　号**	ISBN 978-7-5715-1378-8
邮　编	650034	**开　本**	145mm×210mm　32开
电　话	0871-64186745（发行部）	**印　张**	5
	0871-64178927（互联网营销部）	**字　数**	80千
法律顾问	云南上首律师事务所　杜晓秋	**定　价**	29.00元

晨光图书专营店：http://cgts.tmall.com

目录

右和左

第四节课是我最讨厌的书法课。

知——知了，知了，知了，知——

教室外面的树上，蝉不停地鸣叫着。明明已经是九月了，可是天气还是那么闷热。

我怎么也写不好"友"字，心里有些烦躁。一抬头，看见前排的小恒还在磨着墨汁呢。每次书法课，小恒都会在座位上磨磨蹭蹭地一直磨墨汁，而且他还会狡辩说："墨汁还不够浓。"

我心想，照他这么磨蹭的话，时间就没了。于是，我就踹了一下小恒的椅子。小恒磨墨汁的手没停,只回过头来看了我一眼,然后突然笑了起来,说:"小丈,你的右脸蛋沾上墨汁了。"右脸?我用没拿毛笔的那只手擦了一下。

过了一会儿,小恒又回过头来。他的手还是没停下来,还在唰唰地磨着墨,而且节奏一点儿也不乱。我心想,这家伙还挺厉害,他就不怕弄洒了墨汁?

"你倒是擦呀,右边。"小恒说。

"知道了。"我放下毛笔,用双手使劲地搓脸。

"不对,你只擦右边脸就行了。右边,下面!"

见鬼!我用双手在脸上胡乱地搓着。

"错了,不是说了右边吗?"说着,小恒一下子发起火来,"右边是哪边?"

小恒使劲敲桌子,"咚"的一声,砚台一下子掉到地板上。"哎呀……"周围立刻响起了惊叫声。墨汁洒了一地,周围同学的鞋上都溅上了墨汁,教室里顿时一片混乱。就在这时,坐在讲台前的班主任持田老师突然喊了一声:"小丈,你在干吗?"

我们六（3）班的旁边是图书室。

午休时间一到，我拉着小恒和壮司走到图书室最里面书架角落的位子，坐了下来。

我叫小丈，从三年级开始跟小恒、壮司一直都是同班同学。我们三个人也一直是好朋友。但是直到现在，连他俩都不知道我分不清左右。我对他们隐瞒了这件让我难堪的事。

"真的？"听到我的坦白，两个人同时

喊了出来。

"你说分不清左右？哪边是左，哪边是右，你不知道？"壮司把他那胖乎乎的圆脸凑了过来。

"你开玩笑吧？都六年级了。"戴着黑框眼镜的小恒，好像看稀有物种似的看着我。

"没开玩笑，真的分不清左右。"我难为情地低下了头。

"不过，你慢慢琢磨，总能分清楚吧？你突然说分不清左右，有点儿不合情理呀。"壮司说。

"所以，刚才才会搞得乱七八糟的。"小恒长叹了一声。

"小丈，你想一下吃饭的动作。你是右手拿筷子，左手端着盛满热腾腾米饭的碗吧！"壮司像是在教小孩子一样，边说边模仿着端碗吃饭的动作。

"我是左撇子。"

"对的，你是左撇子，那你就反向记忆。"

"没那么简单吧。"

这么做，那么做，他俩你一言我一语地讲着方法。可是，不管他们怎么教，我还是分不清左右。所以我才隐瞒到现在。

"这么说来，我也……"小恒说，"我到现在也分不清哪个是电梯，哪个是自动扶梯，总是弄不明白。"

壮司啪地拍了一下手，说："我也傻傻地分不清烤肉店里端上来的菜叶哪个是莴苣叶子，哪个是包菜叶子，怎么也记不住。"

"什么？原来大家都有搞不懂的事呀。"这回我松了口气。

"不过，电梯和自动扶梯倒无所谓，反正都有标识。"小恒说。

"要是这样的话，我也没问题。管它是莴苣叶还是包菜叶，我都吃就行了。"壮司也轻松地说。

看他俩那无所谓的样子，我心想，真是的，这都是哪儿跟哪儿呀。

"不过，记不住左右，这可是大问题。比如开车，如果人家告诉你'下一个路口向左拐'，分不清左右就麻烦了。"我打了个比方说。

"那是有点儿麻烦。"小恒也发愁地说。

"对啦，对啦，你要是跟一个可爱的女生一起去美术馆，女生问你'哎，右边的画和左边的画你喜欢哪个'，就不好办了吧。"壮司调侃道。

我立刻回答："那我就用手指着画回答。"

"哦，这样可以应付过去。"壮司脸上露出遗憾的表情。

就在这时，传来啪嗒啪嗒的脚步声，有人走过来了。

"你们要讲话，就到外面去讲。"

我回头一看，是同班同学实里。实里站在那里，她个子高高的，我这个小矮个得伸长了脖子仰视才能看到她的脸。她没有一丝笑容，一脸严肃。

"啊，不……不好意思！"

看到我道歉，她马上又换了一副命令的口气说："伸出你的双手！"

我基本上是不敢违抗女生的命令的，于是立刻把手伸了过去。实里"啪"的一声拔掉手里拿着的黑色油性笔的笔帽，不假思索地唰唰写起来。

"你这是？啊？啊……"

"你记不住，我想只能写了。"

说完，实里急匆匆地走向了书架的另一头，不见了身影。

小恒和壮司端详着我的手，耸了耸肩，笑了起来。

一只手上写着"右"，另一只手上写着"左"，又黑又粗的字，看上去有点儿桀骜不驯的样子。

"这回清楚了。"

"嗯，厉害，太清楚了。"

他们俩压低声音笑着，一个劲儿地点头。

"见鬼，洗不掉了。"

用香皂怎么洗也洗不掉黑色油性笔迹，它简直是个恶魔。

"跟它的主人一样。"我气得火冒三丈。

实里是四月从东京转学到北街镇来的。她给我的第一印象是，她的短发跟她这个人非常般配，她那又细又长的腿看起来有点儿好看。

不过，我很快就知道了实里跟其他女生有很大的不

右手的秘密 YOUSHOU DE MIMI

同。她平时安静得让人根本感觉不到她的存在。只有她站起来走动时，才会引起同学们的注意。因为她走路的速度相当快。她走路带风，从走廊上嬉笑打闹的女生们中间穿过，都是走直线，从不躲闪。她不仅匆匆路过，而且看起来对周围的人和事根本不感兴趣。她的脑袋里好像装着别的事情，她好像一直在追着事情跑。

有一天，一个女生笑嘻嘻地故意去问她："实里，你走路为什么那么快？"

实里回答说："那你问我的脚吧。"

好厉害！

那个女生瞬间呆住了，好一会儿才回过神来，苦着脸说："什么呀，你在说什么呢？"从那天开始，那个女生就不跟实里讲话了。而且，跟那个女生关系好的小伙伴们也都不跟实里讲话了。不过，班里也有一些喜欢惹事的女生，她们总是找借口跟实里搭话找碴。一到这个时候，教室里的空气就会变得凝固起来。

实里不管对谁，态度都很生硬，让人看着提心吊胆。她就像一棵挺拔的大树，任凭刮风下雨，都不会掉下一根树枝，不会落下一片树叶。

大概过了两个月，全班同学才习惯了她生硬的态度。而我是跟全班女生都能顺畅交流的人。班主任持田老师曾对我说："你有一种让人羡慕的天性。"有时持田老师还会来问我："现在女生中都流行什么？"就在实里转学过来不久，持田老师又来问我："小丈，最近咱们班女生之间的关系怎么样？"我告诉老师不用担心，班里一切都好。我心想，没事少管闲事，管了也没什么意思。

总之，两个手掌上的字太显眼了，感觉像是受到了某种惩罚似的。我双手握紧拳头，想要把这两个字藏起来。握累了，就双手合掌。

"小丈同学，你在祈祷吗？"邻座的麻衣子笑着问我。

放学前的班会刚结束，我就一溜烟地逃回了家。

"爷爷，您还好吗？"

因为爸爸妈妈都上班，每天都是爷爷一个人在家。爷爷有时搞怪装病，所以不知从啥时候开始，我回到家不是说"我回来了"，而是问爷爷好不好。

奇怪，今天家里太安静了。正在这时，我突然听到一个微弱的声音："来人呀，帮帮我。"

我把书包放在玄关，冲到厨房，从冰箱里拿出一瓶果汁，边喝边往爷爷的房间走。

"怎么啦，爷爷？"

爷爷光着膀子坐着，瞪了我一眼，"小丈，你过来一下。"

爷爷瘦骨嶙峋，他再怎么瞪人，也已经没有威力了。

"爷爷，这是在干什么呢？夏天再热，您不穿衣服也会感冒的。"我说。

"麻友爷爷的车也太差劲了，我帮他修车，修这儿，修那儿，肩膀都累酸了。我自己贴不好。"说着，爷爷让我看他后背贴的跌打损伤膏药。他没贴好，膏药都打卷了。

"啊，这个已经不能用了，换个新的吧。"

"那好，你拉开五斗橱最上面的抽屉，右边那个。"

右手的秘密
YOUSHOU DE MIMI

"好的。"我放下果汁瓶，去拉五斗橱的抽屉。

"找到了，找到了。贴哪里？"我揭下膏药上的透明膜问爷爷。爷爷只说了一句："左肩。"

"左肩……"，膏药的味道很刺鼻。爷爷的背上满是棕色斑点，我往他的背上贴一个雪白的四方形膏药，最后啪地拍了一下，"好了，这回怎么样？"

"有点儿不对呀！"爷爷嘟囔了一句。

"嗯？不是这里？那我重新贴。"

"不是，没贴错。"爷爷穿上衣服看着我说，"你，是小丈吗？"

我不由一愣，"爷——爷？"

这一天到底还是来了，怎么办？我心里那个急呀。

这时，爷爷嘴里哎哟哎哟地哼唧着站起来。他站在我面前，瞪着我，问："你以为爷爷刚才糊涂了吗？"

"是，爷爷刚才不认识我了！"

"你个浑小子！"冷不丁地，我的脑门挨了一巴掌。

"好痛，您干吗？"

"小丈，我的眼睛还没花，你以为我没看见吗？你从抽屉里拿膏药，还有你给我贴膏药的动作，我都看得一清二楚。"

"什么？"

"我说右边的抽屉，左边肩膀，你都没搞错，这不是有点儿不对劲吗？"

我看到爷爷下巴上刚长出来的短胡子，闪过白色反光。

"难不成爷爷知道我还分不清左右？"我问。

"当然了，你跟我一起生活好几年了。"

到底是爷爷。我不再藏了，张开手掌："爷爷您看，您看呀！"

"哦！"爷爷眨巴着眼睛，使劲握住我的双手。

"写着这么大的字，我当然不会搞错了。"

爷爷说右边的抽屉、左边肩膀时，我都偷偷地瞧了一下手掌心，也就是"作弊"了。

"还是被你抢了先。爷爷也想过，不到万不得已，不能用这个办法。"

爷爷又问我："小丈，这到底是咋回事？"

我跟爷爷一五一十地说了一遍图书室里发生的事情。爷爷边听边点头，最后他说了句："这个女孩子的字写得漂亮，合格！"

有了"右""左"这两个合格的字，我越发得意地挺起了胸膛。不过，看上去丝毫不惧怕香皂沫的"右""左"这两个家伙，颜色在第二天就明显地变淡了。到了第四天晚上，我从被窝里跳起来时，这两个家伙已经消失得无影无踪。

就在这两个字消失的第二天，我刚走进教室，壮司就冲着我说："小丈，你的脸右边沾着鼻屎。"

"嗯？在哪儿？在哪儿？"我急忙看手掌，已经没有字了，只好用手胡乱擦了一下两边脸颊，"还有吗？"

壮司得意地笑了，"逗你呢。"

"好呀，你小子，看我不揍你！"

壮司四处逃窜，我追着他，假装把鼻屎往他脸上甩吓唬他。就在这时小恒走了过来，兴奋地说："我记住了电梯和自动扶梯了。"

"真的？"之前他明明说过记不住也无所谓。

"'电梯'有两个字，'自动扶梯'有四个字。站在台阶上的人看上去是站成一条线，所以多了两个字的就是自动扶梯。站在大箱子里的就是电梯。"

"啊哈——，的确是这么回事。"壮司说。

我想，他要一个字一个字地数数吗？这也太麻烦了。

"感觉一下子轻松了。"小恒说。

"那是，那是，祝贺你！"我发自内心地为小恒高兴。

"克服缺点是很重要的。"小恒骄傲地说。

能分清电梯和自动扶梯就那么开心，我心里有些不服气。

"我哥哥说，左右不分的人有很多呢。"

"喂，你跟小健说了？"

小健是小恒的哥哥，比小恒大四岁。他俩戴着同款的黑框眼镜，脸型也一样。而且，我听说小恒喜欢算数也是受小健的影响。

"跟哥哥讲没关系的。"小恒说。

"可是，你跟小健讲了，他会传给壮司他哥的。"我

右手的秘密 YOUSHOU DE MIMI

急忙说。

果然不出所料，壮司得意地说："那当然了！"

小健和壮司的哥哥是同一个年级的，从小学开始就是好朋友。现在他们在同一所高中，每天一起骑自行车去上学。

"不用担心，我们壮司家的人，嘴都是很严的。我们在家里聊的话题，不会泄露出去的。"壮司说。

小恒也跟着说："我们东岛家也是。"

我心想，难道你们都在家里议论我？

"小健还说啦，首先要习惯肉眼可见的方式，这很有效果。所以实里说记不住就只有写，这跟小健讲的是一回事。"

"我试过，但是不好看呀。"我说。

的确，我承认这个方法确实挺方便的。但是每天手掌心上都写字，也挺烦的。

壮司也插话说："是不好看，可是因为写在手上，不知不觉地，你不用看手掌心也能分辨出右和左了。这跟辅助车轮是一个道理。你把辅助车轮撤下去，也会骑自行车的。"

"嗯……"我故意漫不经心地附和了一句。不过，"辅助轮"这个词倒是让我想起了小时候。

记得上幼儿园大班时，我离开辅助轮，还是不会骑自行车。有一天我家附近的小朋友们嘲笑我不会骑自行车，我哭着跑回家告诉爷爷："他们嘲笑我。"

"你甘心被人家嘲笑吗？"爷爷问。

我一个劲儿地摇头。从那天开始，爷爷开始对我进行特别训练。

一开始是练习刹车，使劲捏住刹车把手，自行车一下子就停了下来。这个练会了以后，撤下一侧的辅助轮练习骑自行车。虽然有些不稳，但是身体往有辅助轮的那一侧倾斜就稳住了，然后再撤下另一侧的辅助轮练习。现在我已经忘记了当时到底练过多少回，只清楚地记得我跟爷爷抱怨说"不练了"。

终于有一天，两个辅助轮都撤了，爷爷非常自信地说："大胆些，你肯定能骑好。"

我战战兢兢地用脚踩脚踏板，刚踩上去，身体就像

浮起来一样，脚下一下子轻松起来，我这才发现自行车车轮已经往前滚动了。

"好，一直往前骑！"爷爷跟在后面边跑边喊。

我骑着自行车，感觉自己好像是在水面上划水，喜悦和兴奋之情油然而生。我能感觉到脸上的肌肉在上下颤动。以前做不到的事情现在可以做到了，我开心地在家附近的小公园里骑了一圈又一圈，一直骑到天色昏暗下来。我停下车，抬头一看，天边升起了又大又圆的月亮，那一定是老天爷奖励给我的"金牌"。

这天午休时间，我忍不住朝图书室走去。

实里坐在靠窗边的一个角落里，

弓着背在画着什么。我从她身边来回走了三次，她都没发现。没办法，我绕到她背后瞥一眼，想看她在画什么。

"哇，厉害！"我不由得发出了赞叹声。实里吓了一跳，转过头来。

"请你安静一下！"柜台那边传来图书室管理员提醒的声音。我慌忙坐到实里旁边的座位上，实里就像没看到我一样又开始画起来。

我盯着她的本子问："你在画漫画？"

我看见画在小圆圈里的人物，有的在笑，有的在哭，有的在生气，画得太好了。

其实，我很喜欢漫画，每个月的零花钱几乎都用来买漫画。我不仅喜欢看漫画，还喜欢画漫画。我觉得自己画得挺好的，还幻想过将来当漫画家。但是上了四年级以后，我发现自己怎么也画不出有趣的故事来。我的水平也就只能构思出主人公早上起床，因为睡懒觉，用一分钟时间吃早餐，到了学校之后才发现还穿着睡衣之类的故事。

"你有什么事吗？"实里问。她的眼睛没离开手中的画本。

右手的秘密 YOUSHOU DE MIMI

"哦，我在找恐龙图鉴……"我说。

"恐龙图鉴在那边。"实里用尖尖的下巴指向书架，又像犰狳似的弓着背，动手画起来。

咦？

"你拿铅笔的姿势真奇怪。"我好奇地说。

与其说奇怪，不如说别扭。通常大家都是用大拇指和食指握铅笔，但是实里的铅笔尖却是从中指和无名指中间露出来的。她是用食指和中指压住铅笔尖画画，那动作简直就像个小孩子，笨手笨脚的。

不过，她滑动铅笔尖的速度飞快。她走路速度快，画画速度也快。我想要是问她为什么会这么快，她保证也会说"你问我的手吧"。想到这里，我不由得笑出声来。

"你净捣乱。"她的声音很尖。

"啊，对不起！"

我站起来，走近放图鉴的书架，拿起一本恐龙图鉴。这回我老实多了，坐在一个跟实里隔着一个位子的地方，无聊地翻起恐龙图鉴来。

刚才我没话找话地提起恐龙图鉴，其实家里也有这本书。还在上幼儿园时我就每天翻看，封面已经被我翻破了。霸王龙虽然很厉害，但是性格暴躁，我不喜欢。我喜欢的是有三个角和很多皱褶的三角龙。它看上去挺平和的，但实际上却是强大的食草性恐龙。

我还喜欢一个，对，对，就是这个，是这个，似鸟龙。它长得很像鸵鸟，跑得非常快。

嗯？长长的手脚和小小的脑袋，跑得快。我瞥了实里一眼，哦，好像，跟她很像。

我浏览着似鸟龙这一页，偷偷地笑。突然，一阵凉爽的风从窗户吹了进来。啊！这风好凉快，真舒服。

我骑在似鸟龙的背上，驰骋在广阔的草原上，景色嗖嗖地向后流淌。为了不掉下去，我用双手紧紧地搂住似鸟龙的长脖子。似鸟龙歪着脖子回头看了我一眼，一双炯炯有神的眼睛太可爱了。

确实像……我把手伸过去，抚摸着似鸟龙的头。

摸呀摸，摸呀摸……摸……

"啪"的一下，我睁开了眼睛，只见实里坐在我面前，正盯着我看呢。

"怎、怎么了？"我迷迷糊糊地问。

"我第一次见到别人入睡的瞬间。"她的本子上画着我手托腮帮子张着嘴的睡姿。

"什么？你画我了？"

呀，我觉得这个睡姿太傻气了，我这个大笨蛋。

"谢谢你给我提供了一个睡姿素材。"说着，实里合上了本子，开始收拾文具盒。

"作为回礼，你再给我写一个吧。"我猛地伸出了一只手。

"我真的是想记住右和左，写在手上虽然不好看，但是很方便。"我又说。我想她会说"你自己写"。

"我爷爷说了，女孩子能写这么漂亮的字，合格。所以，你再给我写一次吧。"我知道我的话没有什么说服力，但是我还是央求她。对我来说，今天我已经很会讨巧了。

实里看了看我伸出去的手，思考着什么。她拿出黑色油性笔，说："我觉得没必要两只手都写。"她抓住我的手，往她跟前拽了一下，又问："你想记住右，还是记住左？"

一看就知道她是反过来画的，也就用了十秒钟，她在我的手上画了一只头上凸出两只尖角、眼神凶恶的鸟。

"你真厉害，会反着画。"我佩服地说。

这个鸟正好是冲着我，于是我问："这是猫头鹰……吧？"

"猫头鹰的鹰的第一个字母正好跟右手的右的第一个字母相同。"[①]实里小声说。然后，她拿起本子和文具盒走了。

她那走路的速度就像似鸟龙的速度一样飞快。

猫头鹰的鹰的第一个字母和右手的右的第一个字母相同。这是我第一次邂逅猫头鹰。

第五节课课堂上，我一会儿握紧右手，一会儿又张开。

麻衣子发现了我的动作，说："啊，太可爱了！"

这个，可爱？我看看自己的右手掌心。

---

① 日语猫头鹰的发音，第一个假名正好跟"右"字的第一个假名一样。

"眼神，多可爱！"

"很可爱嘛！你手上画的这个猫头鹰有什么魔法吗？"

"不是，这个是……"我想了一下，告诉她这是"辅助轮"。

刚回到家，爷爷就发现了我手上的画，说："这个画得不错嘛！这是什么？"

"好像是猫头鹰。"我回答说。

"哦，是猫头鹰。画这个画的女孩叫什么名字？"

"实里。"

"小丈，对女孩子不要直呼其名。"[①]

爷爷也太宠爱女孩子了吧！

---

① 日本文化中，称呼别人通常要加上敬称，比如：小学生之间，称呼男生是某某君，称呼女生是某某桑或某某酱。关系比较好的可以忽略这些敬称。

坏掉的刹车

周六不上学，我和小恒、壮司三个人顶着火辣辣的太阳，并排蹬着自行车奔向七甲田牧场。那里是我爷爷的弟弟的大儿子，也就是我爸爸的堂兄，我的伯伯经营的牧场。从我家骑自行车，大概骑二十分钟能到爸妈在牧场里经营的小餐厅。

骑在前面的壮司跟小恒谈论着天气。

"真热啊！明明昨天晚上还很凉快呢，今天怎么这么热呀？"

"那你去问问太阳吧。今天不吃冰激凌，我要吃刨冰。"

"同意！我今天要不奢侈一下，点个草莓牛奶套餐。小丈，草莓牛奶套餐是多少钱来着？"壮司回头朝我喊道。

"20元。"

"唉，可我只有15元，还是点冰激凌套餐好了。"

我家餐厅最受欢迎的是64元的烤肉套餐。不过，我们三个有专属的特别菜单，比如其中之一就是冰激凌套餐。如果点了12.5元的冰激凌或者20元的草莓牛奶套餐，就附赠64元的烤肉套餐。这是妈妈想出来的菜单，壮司把它叫作"梦幻菜单"。

"你好慢啊——小丈！你已经骑——不——动——了吗？"

在骑到最后一个上坡时，我被他们两个远远地甩在了身后。

"来——了。"我低头看了一眼右手掌心的猫头鹰，完好无损，颜色没有变淡。在上坡的时候，要想不让手掌心碰到车把手，骑车还真是挺费劲的。

"加把劲——！"我一鼓作气，使出全身的力气蹬脚踏板。

正好是中午，餐厅里人很多。在餐厅里打工的女大学生惠美，额头上冒出密密麻麻的汗珠，她四处奔忙着点餐、上菜。

"小丈，你来得正是时候，快去帮忙收拾一下桌子。"妈妈站在收银台那里，用手指了指桌子。

"壮司你去收拾那边的桌子吧，我来收拾窗边的桌子。"

在回应妈妈之前，我和壮司两个人已经各自拿起托盘，开始熟练地收拾餐具了。

"你们两个到了这里就判若两人了啊。"小恒说。

"毕竟有'梦幻菜单'在等着呢！"壮司说。

"我不喜欢在学校里打扫卫生，但是收拾餐具我不讨厌。"小恒说。

我非常感激他们俩。他们能帮忙收拾餐桌，减少了我的劳动量。整个暑假，我几乎每天都得来帮忙，心里早就盼望着旅游旺季快点儿结束，好过几天不用忙碌干活的日子。

"太危险了，还不快让她坐下来，你得让她先把鞋子脱下来！"

突然听到有人大声吼叫，我吓了一跳。

我回过头一看，是坐在窗边座位上的那对父子。小男孩看上去像是刚上小学，或者是就要上小学。他爸爸看上去比我爸爸稍微年轻一点儿。暑假期间，他们经常来餐厅吃饭。因为一件小事，我给那位叔叔起了个"正解"的名字。

大声吼叫的就是正解。

正解旁边的桌子有一个三岁左右的小女孩，眼看着就要从椅子上跌下去，吓得要哭。小女孩穿着鞋子站在椅子上，而且她的鞋子上沾满了土和草。在小女孩的旁边坐着一位年轻的母亲，她只顾自己玩手机，根本不关心孩子会不会从椅子上掉下来，也不在意别人讲什么。正解就是冲这位年轻母亲发的火。

"有情况。"壮司戳了戳我。

收拾好了餐具，小恒也走过来皱着眉头说："那把椅子被弄得超级脏啊。"

年轻母亲染了一头棕发，化着浓妆，故意装作没听见，眼睛一刻也没离开手机，完完全全无视了正解。

正解盯着她又说道："你的孩子从椅子上摔下去，受没受伤跟我没关系。但是，她那个沾满泥巴、脏兮兮的鞋子让人看着不舒服，让她把鞋子脱了。"

这话够狠的啦，我们三个人心里一紧，互相看了看。

然而即便是这样，年轻母亲仍然没有反应。正解气愤地站起来，用更大的声音怒吼道："让她把鞋子脱了！"说着还用双手重重地拍了一下桌子。

餐厅里的气氛有些不妙。

就在这时，"呜哇——"小女孩号啕大哭起来，整个店里都能听到她那悲鸣般的哭声。

"哎呀，吓到了吧。"我妈妈慌忙奔过去，想哄一哄小女孩，但是完全没有效果，小女孩的哭声反而越来越大了。棕发母亲抱起小女孩，死死地瞪了一眼正解，那眼神像针一样尖锐。她嘴里嘟囔着什么，朝我妈妈丢下一句：

"单给我取消了吧！"说着就走出了餐厅。

沉闷的气氛弥漫整个餐厅。

"啊，我去收拾一下那边的餐具吧。"小恒拿起托盘走过去。停下手中筷子看热闹的顾客们也都重新拿起筷子，还故意弄得餐具叮当作响。可能是他们觉得，这种时候把碗筷弄出响声才能缓解刚才那种不愉快的气氛吧。

而刚才怒吼的正解却像什么事都没发生一样，继续吃饭。

"这应该叫一件事情落下了帷幕吧？"壮司小声说。

我觉得事情应该还没结束，完全不对劲啊。

"你看……"我碰了一下壮司。

正解对面坐着的男孩，从一开始就一直低着头，放在膝盖上的双手紧紧地交叉在一起。

看到这一幕，我想起了啤酒泡沫事件。

那是刚进入八月的一天，连日来酷热难耐，饭店里就像今天一样，顾客很多。

"等一下！"惠美放下客人点的啤酒，刚要转过身，就被正解叫住了。那声音大得整个餐厅的人都能听到。

"这杯啤酒，泡沫太多了吧？"原来他是觉得啤酒泡沫太多而不开心。他那被太阳晒黑的脸在啤酒杯的映照下有些发红。

"您的意思是？"惠美吓了一跳。

"这杯啤酒，怎么看泡沫都太多了吧。"

"是吗？"

"是的。你看看，和那个比一比。"说着，他用手指了指墙上贴着的啤酒海报。海报上一个被太阳晒得皮肤黝黑、穿着泳衣的女人，手里拿着杯啤酒，露出雪白的牙齿，笑得很开心。

这时从周围的餐桌传来一阵窃笑声，还是头一回有客人讲这种话。

"你比较一下，看看是不是这个泡沫太多了？"

"啊，这个……"就在惠美不知该怎么回答的时候，妈妈急忙走了过去，说："真是不好意思！惠美，快去重新上一杯。真的非常抱歉！"说着，妈妈深深地鞠了一躬。

"嗯，能换一杯是最好的。"他丝毫不在意周围客

人注视的目光，又开始烤起了肉，烤盘上的肉发出嗞嗞的声音。

他从惠美手里接过啤酒，满意地点了点头："这才对嘛！这样的泡沫才是正解。"

就是从那时起，我给他起了个"正解"的名字。

看到这一切，我心想，还有这种大叔啊！我瞟了一眼正解，注意到他身旁的小男孩垂着头，连耳根都涨得通红。

我想，今天历史再一次上演了。

我能想象得到那个小男孩的尴尬。要是我是那个男孩子的话，真恨不得赶紧逃离这个闹哄哄的场合。

"小丈，帮妈妈把那张椅子擦干净。"

我接过妈妈递过来的抹布，走到靠窗的座位，一边擦着椅子，一边斜着眼瞄旁边的桌子。

那个小男孩每次来餐厅吃饭都是点咖喱牛肉，今天也不例外。以前就算是成人量的咖喱牛肉饭，他也能把盘子舔得干干净净，而且吃饭时还会一遍遍地叫服务员给他添水。但是今天他却没吃完，盘子里剩了一半。

"妈妈，我想……"

擦完椅子，征得了妈妈的同意，我走到冰激凌机那里，抽出一个蛋卷筒，握住冰激凌机的手柄，随着"嗡"的一阵响，雪白的冰激凌缓缓地冒了出来。本来蛋卷筒的底部是不用灌入冰激凌的，我还是悄悄地把蛋卷筒都装满了冰激凌。

"哎哟，小丈，你做的蛋卷冰激凌越来越好看了，一层一层的。"

"嗯嗯，挺专业的呢！"

听到小恒和壮司两个人的吹捧，我有些手忙脚乱。不过算了，也不用理会他们啦。

我拿着做好的冰激凌走到那个孩子身边，说："请品尝甜品。"

"啊？给我的？"小男孩终于抬起了头，有些不知所措地看着他爸爸，那表情像是在问："我可以吃吗？"

我突然想到了什么，于是小声对正解说："不好意思，我老爸今天的咖喱牛肉饭搞砸了，咖喱做得比平时要辣，所以不用勉强他都吃完。"

说着，我再一次把冰激凌递到小男孩面前："抱歉，作为补偿，赠送你一个蛋卷冰激凌。"

正解一直盯着我的脸看。我想我可能要被骂了……我的心怦怦直跳，手却一直攥着那个冰激凌。

"小陆，那你就吃吧。"他突然开口了。

那一瞬间我松了一口气。原来那个小男孩名叫小陆啊。

"谢谢！"

小陆的脸色稍稍明快了一些，他微微地低下头，腼腆地接过冰激凌。

"冰冰凉凉的，真好吃。"他轻轻地舔了一下，嘴唇周围变得雪雪白的。随后，他安静地吃起蛋卷冰激凌来。

太好了，他又变得开心了。

"没想到小丈很会做生意呢！"站在收银台前的妈妈小声说，还拍了拍我的背。

等到中午的客人都走得差不多了，我们才停下手中的工作。快两点了，我们才吃上午饭。

"小恒、壮司，今天真的谢谢你们，你们想吃什么尽管说，我请客。你们说吧，吃点儿什么？"我说。

"太好啦！"壮司的喜悦之情溢于言表。

"啊，吃饱了，吃饱了。"我们三个人的肚子撑得鼓鼓的。我们走出餐厅，爬上了一个缓坡，在那里可以看到牧场全貌。我们在一棵橡树下躺下休息。

秋天蔚蓝色的天空中，飘浮着绵羊般的云朵。

"壮司，你到底添了几回饭菜啊？"小恒问。

壮司摸了摸自己鼓鼓的肚子，说："肉添了两回，米饭添了三回，淋上冰激凌的刨冰吃了两碗。"

"你真厉害啊！"

"壮司的胃简直就是个无底洞。"

我和小恒都惊呆了。

砰砰……

"刚刚，那是什么声音？"我问道。

"是我的'无底洞'传出来的声音。"壮司回答道，他又"砰砰"地拍了几下肚子。

"像只狸猫。"小恒笑了。

我伸手去摸壮司的肚子，说："喂，让我也拍拍吧。"

壮司那圆滚滚的肚子里发出砰砰砰、砰砰砰的响声。

"小丈拍的声音还挺好听的。"壮司仰面朝天，嘿嘿地笑。

"好嘞，轮到我了。"小恒也伸手去拍壮司的肚皮。

嘣嘣……

"嗯，小恒拍得还差点儿意思啊，总感觉声音还不够响。小丈，你再来做个示范。"

肚子发出的声音……这是什么吗？壮司的肚皮就像一面鼓一样，老老实实地任由我们拍打。

就这样拍了好一会儿，小恒得出了一个结论："小丈拍得好听，一定是有猫头鹰的缘故。"

"我不明白你的意思。"我说。

我确实是用右手拍打壮司的肚子，但是我觉得这跟手掌心里画的猫头鹰没什么关系。

"虽然猫头鹰的眼神凶巴巴的，但是让人感觉充满了力量。"小恒说。

"没错，不过，猫头鹰也会变淡的呀。"壮司抓起我的右手说道。毕竟我在餐厅帮忙，洗盘子什么的都做过。

"没关系的，让实里再帮忙画一个就好了。"小恒说。

"对，就这么办吧。"

他俩说着说着，就轻松地达成了一致意见。

话虽然说得轻巧，但实际上……

就在这时，那个熟悉的声音又传进了我耳朵里："小陆，是胸前，要往胸前这里投球！"

我从地上爬起来，望向声音传来的方向，只见那对父子正在草坪上练习投球、接球。

"嗓门真大啊！"壮司也爬起来，目不转睛地看着那对父子。

说是投球、接球练习，其实也不过是徒手扔绿色的塑料球罢了。小陆投出的球摇摇晃晃的，根本到不了正解那里。两个人稍微靠近一些，拉近了距离。但这次又没控制

右手的秘密
YOUSHOU DE MIMI

好，球又飞到别处去了。小陆投球五次，正解也只有一次
能接住。

"小陆看起来很不擅长投球。"

"确实。"

"没错。"

我们三个人坐在草地上看他们训练。

小陆追着球奔跑。他的身后传来严厉的声音："喂，
跑动起来！"

"他那是在特训吧。"

虽然听不到他们说话的声音，但是看得出来，正解
在仔细观察小陆迈出的脚步，以及纠正小陆接球时手的姿
势，等等。

"要是我的话，老早就想逃了。"

听壮司这么一说，小恒也点着头说："是啊，刚刚还
在餐厅里发火，现在待在一起多尴尬啊。"

"就是，不过错的是那个玩手机的母亲吧。"壮
司说。

"我家兼三虽然也很严厉，但还没达到那种程度。"

兼三是小恒的父亲，不知为什么小恒一家都是直呼其名。

　　"我爸爸管得有点儿松了，要是和小陆的爸爸中和一下就好了。"壮司说着，扑哧笑起来。他看了我一眼，问："你怎么啦，小丈？"

　　我怎么也笑不出来。

　　小陆扔出去的球又朝一个奇怪的方向飞出去。

　　"不对！不对！"叫喊声又响了起来。正解走到小陆旁边，他先示范做一遍挥臂动作，然后让小陆模仿着做了好多次。

　　"他们这样真的快乐吗？"我问小恒和壮司。

　　来这里游玩的每个人，都带着笑容悠闲地享受着假日。他们有的躺在草坪上，有的来回奔跑，大口呼吸着新鲜空气。爸爸之所以要把饭店开到这里来，就是因为这里是亲子游乐的好地方。虽然我看不清远处小陆的表情，但我确信那绝不是笑脸。

　　又过了大概三十分钟，那对父子要回去了，他们朝着公交车站走去。并排而行的父子俩分别背着一大一小的双

右手的秘密 YOUSHOU DE MIMI

肩帆布包。小陆一边走一边不时地摘下帽子擦汗。而他每擦一次汗后，就不得不慌忙地小跑几步。不然，他就会跟不上他爸爸的步伐。我一直望着他们二人那时而转身、时而追逐的背影。

当天晚上一家人围着桌子吃饭时，爷爷吧唧吧唧地嚼着章鱼刺身问我："你今天做了一件好事？"

他这是在说我给小陆一个蛋卷冰激凌的事。

"妈妈，您跟爷爷讲啦？"

"是呀，我很佩服你呢。你说呢，他爸。"

"是啊。"爸爸一口喝干了杯中的啤酒，扑哧笑出了声，"像我。"

一听这话，爷爷连忙说道："别忘了，照顾小丈的可是我。"

我觉得爷爷这话只说对了一半。

"我说小丈，你可是有未来的人，你不用考虑将来继承你爸妈经营的那个小餐厅。"

"那个小餐厅太简陋了。"爷爷接着又叹息道。

一听这话，爸爸的表情立刻变了。他毫不掩饰地板起脸，把酒瓶里剩下的酒全倒进了自己的杯子里，闷闷不乐地一口干了，说道："您这是说什么呢？"

爷爷不满地说："哼，还不是因为你当初瞧不起我那宝贝店。"

以前听爷爷讲过，爸爸年轻的时候没有继承爷爷开的汽车修理店，而是走上了厨师之路。不过当时爷爷不但没有反对，还鼓励他说："你要不断努力，你要去法国学习，去意大利学习，要成为世界第一的厨师！"可是，爸爸在东京学了几年厨艺之后，却选择回到家乡开个小餐厅。

刚才看到爸爸喝闷酒的样子，爷爷也有点儿生气了。他说："说你的餐厅简陋，哪里不对了，想抱怨就去外面抱怨！"

"才不要呢，天已经黑了。"爸爸像小孩子跟大人撒娇似的回答道。

这时，爷爷也缓和了语气说："哦，要不我喝点儿日本酒？"

一听这话，妈妈马上站起来要去拿酒。爷爷连忙摆摆手说："我自己来，我自己来。"他拿来一瓶酒，倒满一杯，舒坦地喝起来。

"老爷子，您已经喝两杯了，别喝了。"爸爸劝阻道。

"我知道了。喂，你也来一杯。"

"好吧，我也来一杯。"爸爸举起酒杯，两个人轻轻地碰了一下，算是化解了一场争执。

虽然爸爸和爷爷看上去总是吵架，但是他们从来都吵不起来。他们总是在吵架前的那一瞬间，"啪"的一下结束争执。这就是爷爷说的"彼此都在绝妙之处踩下刹车"。

"那位父亲还是挺厉害的呢，瞬间店里就鸦雀无声了。"妈妈提起了白天餐厅里发生的事情。

"嗯，我在厨房都听到了。"爸爸说。

妈妈皱着眉头说："说实话，听到那位父亲发火，我的心里一下子舒坦了好多，那个不懂事的妈妈看着真让人生气。"

听妈妈这么一说，爸爸说道："最后还是那个年轻妈妈气冲冲地走了吧，她完全没有认识到自己的错误嘛。那位父亲本来只是想要提醒她一下，最终却变成了只把他自己心中的怒火发泄出来而已。"

"这就是刹车没起作用，想要找到心中的平衡点真不容易啊！"爷爷自言自语道。

"无论是吵架还是开车，刹车都是很重要的。"这是爷爷的口头禅。

爷爷出生在牧场，他是家中长子。他读小学时，有一次骑马，不小心从马背上摔下来。从那之后，爷爷就很讨厌马，还发誓"再也不乘坐没有刹车的交通工具"。读高中时，爷爷迷上了汽车，他立下雄心壮志："我要成为日本第一F1赛车手！"于是，爷爷把牧场交给了弟弟，自己开始追逐一个虚无缥缈的梦想。

不止一次听爷爷讲过，他当年参加赛车比赛时，被一个叫中岛的家伙抢先一步的事情。他还说过："F1赛车手之所以能够毫无畏惧地跑出时速300千米的成绩，是因为能在进入弯道前精准地减速。中岛的刹车技术可厉害了，我怎么也没法和他比啊。"因此，爷爷毅然决然地放弃了自己的梦想，考取了汽车维修工资格证，最后拥有了一间属于自己的汽车修理店。

记得上小学前的某一天，我天真地问爷爷："爷爷说的刹车是讲的汽车吧，那吵架的'刹车'是在哪里呢？"

"这个嘛，你得自己去思考，总有一天你会明白的。"爷爷故作高深地说。

当然，现在我已经明白了。

但是，如果刹车坏了，那该怎么办呢？

猫头鹰的力量

　　星期一中午，实里像往常一样，坐在图书室里她常坐的座位上画漫画。强烈的阳光从窗外照射进来，洒在实里的头发上，头发被照得闪闪发光。她完全沉浸在自己的绘画中，连我的脚步声都没有听到。我看见她的额头上挂着汗珠。

　　"这里不热吗？"

　　我原本打算小声问的，但没想到实里听到后，本能地抽动了一下身子，反倒吓了我一跳："啊，对不起，对不起！"

"坐在那边，不是更凉快吗？"我用手指了指阳光照射不到的最里面的座位说道。

"这里很好呀，光线太暗的话就不好画漫画啦。"

我顺势坐在了她的旁边，探头斜着眼睛看她的笔记本。我想知道她画的这个漫画到底是讲一个什么样的故事。

"撞到墙上了。"实里像是在自言自语，其实是讲她正在画的场面。

"撞到墙上了？看上去好像很疼啊。"唉，我这个人太不会开玩笑了。

"你总是跟那两个人形影不离，好像是叫小恒和壮司的吧？"她没加"同学"两个字，而是直呼小恒和壮司。

"他们的性格是什么样的呢？是爱发脾气的，还是大大咧咧的？是吊儿郎当却很开朗，还是容易退缩、怯懦的人？"

"你为什么要问这个问题呢？"

"想为我的漫画积累一些参考素材。"

啊，原来是这样啊！

"小恒喜欢算术，壮司呢，是个贪吃鬼。"

"这，不算是性格吧？"

不算吗？但是，我觉得这是对他俩最好的形容。

"小恒是一个通过数字数来分清楚电梯和自动扶梯的家伙。而壮司这家伙分不清烤肉店里端出来的菜叶子是莴苣叶子还是包菜叶子，总之只要能吃到嘴里就行。"

"那也不算是性格吧？"

"是性格吧。如果有一个女生问你为什么走路这么快，你回答说'那你问我的脚吧'，我就可以想象出你的性格。"

实里扑哧笑了，这让我很吃惊，这还是实里第一次露出友善的表情。

"那么，小丈的性格是什么样的呢？"

"我，我吗？"突然也被直呼名字，我吓了一跳。

"我不大清楚自己的性格。"

"这样啊，确实是这样。谢谢你给了我很多参考意见。"

"什么？这样就已经帮到她了吗？"我不解地想。

"啊，对了，我虽然不太清楚自己的性格，但是我从小就有个小习惯。"我补充道。

"小习惯？"

"嗯，我的这个小习惯可能对你构思漫画角色有帮助吧。"

实里听后立刻露出好奇的表情，追问道："是什么样的小习惯？"

"味噌汤一定要放在最后喝。"

"什么？"实里好像有些不理解似的歪了一下头。

"一般不都是在吃饭或者吃菜时喝味噌汤的吗？但是我会把味噌汤留到最后，一口气全部喝完。"

"是因为喜欢才留到最后的吗？"

"不是，我是那种把最喜欢吃的东西先吃掉的人。"

"那你是因为不喜欢喝味噌汤才留到最后的吗？"

"我喜欢喝味噌汤的。我妈妈做的味噌汤很好喝，特别是猪肉味噌汤。"

"那，难道是因为你是'猫舌头'？"

我摇了摇头。

"那是为什么呢？"

"没什么理由，因为这是我从小养成的习惯。"

"这样啊！"实里嘟囔了一句。她又说："那我先记下来吧。"

她记下来了，太好了！

实里记完笔记后，我又把右手伸到她面前。

"喏，作为谢礼，请你再给我画一个，你看先前画的都变模糊了。"

实里撇了一下嘴，默默地在我的右手心上画了只猫头鹰。

"谢谢你！"我看了一下手心，今天的猫头鹰，嘴巴有点儿尖呢。

第五节课下课后，壮司捂着肚子跑过来问："小丈，你能把手放在这里吗？"

我照他说的把手放了上去。

"不是的，不是的，不是左手，是右手。"

我换了右手按了上去。壮司闭着眼睛说："肚子*丝丝*

啦啦地疼。"

小恒走了过来说："真有那么疼吗？我不是跟你说过了吗？掉在地上的东西不要捡起来吃。"

"我又不是狗。"壮司闭着眼睛答道。

其实我大概能猜出他肚子疼的原因，估计壮司这小子又在食堂吃了好几大碗米饭。

大概过了三分钟，壮司慢慢睁开眼睛说："嗯，肚子好像没那么疼了，还是猫头鹰厉害呀。"

"真有那么厉害吗？"我心想。

第二天中午，小恒手里拿着习题集来找我。

"有道算术题怎么也解不开。"

"小恒都解不开的难题，我怎么可能解得开呢。"

"嗯，这我知道。"

"啊？"我一听就不高兴了。但是小恒好像并没有注意我的表情，他抓起我的右手放在自己的头上，像念咒语似的嘴里叨咕着："猫头鹰鹰鹰，猫头鹰鹰鹰。"

这挺有意思的，我也跟着重复了一遍："猫头鹰鹰鹰，猫头鹰鹰鹰。"

第六节语文课刚一下课，小恒走过来，眼里闪着光说："刚刚，我'咻'的一下灵光一闪，想到了解题的方法。"

"你能把难题解出来，那是托你自己的福，而不是猫头鹰的功劳。"我说。

"不不不，你看这个。"小恒打开了他的笔记本。

332933293329332933293329332933293329…

整整一页写满了这些数字。

"这是什么？"我问。

"3329①，也就是猫头鹰，我不知不觉地写下这些数字。"

我心想你又在语文课上走神了。你这个家伙，算术考试总是满分，语文考试却从来没有及格过。

其实不光是小恒和壮司，还有一个人也非常认可猫头鹰的力量。

这天放学回家，我拉开大门，像往常一样大声喊道：

①3329 这几个数字的日语发音与猫头鹰的日语发音是谐音。

"爷爷，您还好吗？"

"当然啦！"

"哇！"只见爷爷光着膀子站在门口。

"您别吓唬我。"

"我等不及啦。"

我往厨房走，爷爷紧跟在我身后。

"肩膀酸痛得不得了。"

"爷爷又帮谁修车了吗？"

"不，没有。"

"那就是麻将打得太多了吧？爷爷今天也是一直在对面的竹田家里，又是'碰'又是'吃'的。"

"别说这些瞧不起人的话，我那是学习。"

我咕嘟咕嘟地喝了几口大麦茶后，问："学习什么？"

爷爷说："中文和概率。"

自从两年前把修理厂转让给别人，爷爷每天都在学习中文和概率。

"爷爷坐在沙发上等一下，我去换一下衣服，马上就来给您揉肩膀。"

"嗯，好吧。"

等我换好衣服，爷爷已经把擦汗毛巾搭在肩上，正襟危坐，等着我。我忽然发现爷爷的个头好像比以前矮了不少。

"嗯，力道控制得不错，小丈你按摩的手法有进步呀。"

现在爷爷夸我按摩肩膀的手法变好了，可是两三年前他还嫌我手劲不够大。现在我稍微使一点儿劲，他就喊疼。

"左肩大拇指按的位置，再往右边一点儿。嗯，对对对，就是那里。"爷爷的要求还是跟以前一样多。

"小丈的反应挺快，按得真舒服，这也是多亏了猫头鹰吧。"我知道爷爷又要开始夸谁了。

"实里同学最近还好吗？"爷爷问。

"啊？爷爷怎么知道她的名字？"我不记得告诉过爷爷她的名字呀。

"她家好像离公立大学很近啊。"

"爷爷连她家住在哪儿都知道了？"我心想，连我都不知道实里住在哪儿呢。哼，爷爷很得意吧。

"这一带都是老住户了，来了新面孔就会很显眼。"

"爷爷肯定是问谁了吧？"

"跟我一起打麻将的那些老家伙们，各路'神仙'都有呀。"

"爷爷还知道什么？"

"听说她有个还没上小学的弟弟，至于其他事情就不能告诉你了，这是个人隐私。"

爷爷装模作样地说完这句话，又说了一句："你可别小看老头子们的社交圈哟。"说完，他哈哈大笑起来。

第二天中午在教室里吃午餐时，我还在想着爷爷说的话，如果实里的家离公立大学很近的话，那她家离我们家也不远呀，骑自行车的话可能连十分钟都用不了……我不由得朝实里的座位看了一眼，却正好与她对视，我马上慌张地把眼睛移开。

YOUSHOU DE MIMI
右手的秘密

她是在看我吗？我有些慌张，心跳也有些加速，端起杂烩汤，一边小口哧溜哧溜地喝着，一边斜眼看实里，发现她还在看我。

为什么？她为什么要看我呢？我极力在脑海里搜寻理由。

我又一个劲儿地往嘴里塞牛蒡和胡萝卜。突然，我明白了，她这是在确认我的小习惯。

羊栖菜饭和炸鱿鱼都吃完了，剩下的就只有杂烩汤了。最后再喝汤的这个小习惯，哪怕是在学校吃午饭也不会改变。

她是想把我的这个小习惯画到她的漫画里吗？想到这里，我朝实里笑了笑。

当然！她并没有回送我一个微笑，而是一下子移开了视线，像是什么都没发生一样继续埋头吃饭，也不跟周围的人讲话。我想她如果能和大家多聊聊天的话，也许还能受到一些启发，可以画出更多更好的漫画角色。我们班同学都是些个性十足的人。想到这儿，我的脑海里突然闪现出一个想法。

放学后，我马上去找小恒和壮司，对他俩说出了自己的想法。

　　"自我介绍？在班里？"

　　"大家从五年级开始就在一个班了 ①，相互之间早就认识了，为什么现在还要做自我介绍？而且有些同学从入学到现在都是同班同学呢。"

　　我又被这两个家伙鄙视了。

　　"对了，持田老师之前不是也说过吗？如果谁能想出今年班级目标的活动主题的话，是可以随时提出建议的。"

　　我对他俩说，我想到的班级目标活动主题是"心手相连"。

---

① 日本有的小学分初小和高小，也就是1~3年级是初小，4~6年级是高小；有的小学分为初小、中小、高小，也就是1~2年级是初小，3~4年级是中小，5~6年级是高小。不管哪种分法，每个阶段都要重新分班，目的是让每位读小学的同学都有机会认识同年级的其他所有同学。

"第一学期 ① 我们班没有做出什么成绩来。接下来学校将举办秋季运动会，我觉得有必要借这个机会让同学们相互了解，增强我们班级的凝聚力。"我继续解释道。

"哈哈，"小恒抓住我的右手笑着说，"心手相连。"

"你别抓我的手呀。"我抽回了被小恒握住的手。

"小丈，你可别乱来。你看着我的眼睛，你的想法已经超出了咱们该管的范围，你这是多管闲事了。"

"没这回事。"

"不，绝对超出了。"

就在我和小恒你一句我一句谁也不肯让步的时候，壮司突然说了句："不行！自我介绍什么的搞不了，因为大家都很害羞，在同学面前不好意思说自己的事情。"

———————

① 日本的学校 1 年共分 3 个学期，其中小学 4 月至 7 月为第一学期，9 月至 12 月为第二学期，1 月至 3 月为第三学期。另外，第一和第二学期之间有 40 天的暑假，第二学期和第三学期之间有 2 周寒假，第三学期和下一年的第一学期之间有 10 天的春假。从 2002 年开始实行每周休 2 天制度。2003 年日本中央教育审议会提出了可实行每年 2 学期制的意见，具体由市、区、镇、村教育委员会决定，是实行 2 学期制还是实行 3 学期制。因此各地学制有所不同。

"真会这样？"我问道。

"对了，小丈你说的相互了解，如果是让全班同学相互了解大家都在思考些什么，那这个活动就能搞起来。"说着，壮司东张西望地环视了教室一圈，最后他的视线停留在黑板旁边老师的讲桌上，小声嘟囔了一句："就是那个。"

有时壮司会想出一些我和小恒绝对想不到的办法。如果有谁认为他就是个一心只想着吃的家伙，那就大错特错了。

第二天，壮司把建议告诉了班主任持田老师。持田老师现在已经三十八岁了，还是单身。他在男老师中，个子是最高的，鼻梁也高，只可惜眼睛有点儿小，穿西服的品位也差了点儿。但是持田老师上课很有意思，他对大家一视同仁，在学习方面要求很严格，但态度却是和蔼可亲的，很受同学们欢迎。正如我们三人所预料的那样，持田老师十分赞成壮司的提议。他说："这也许是个不错的主意呢。"

放学前，全班用了二十分钟左右的时间讨论确定下周

右手的秘密
YOUSHOU DE MIMI

班级打扫卫生的时间和各小组的分工，然后，持田老师对大家说："另外，我还有件事想请大家帮个忙。"

顿时，教室里安静下来。

"大家都知道老师并不擅长整理东西。"

听老师这么一说，几乎所有人都连连点头。

"甚至可以说，我是世界上最不擅长整理东西的人。"

确实，无论是教室里的讲桌，还是教师办公室的办公桌，持田老师的桌子都乱得一塌糊涂，书呀资料呀信封呀什么的堆积如山，好像马上就要散落下来。

"老师的房间也是乱七八糟的。"不知为何，持田老师竟然能理直气壮地讲出来。

"但是我最近在想，不能再这样下去了，必须要想个办法。我想找人商量一下怎样整理房间。大家帮老师出出主意，我该怎么做才好呢？"

只要看一眼持田老师投向全班同学的目光，我就明白了他此刻想要什么答案。果然，全班同学没有一个人回答"打扫一下不就行了吗"这种简单的答案。

最先举手的是奥田刚，我们都叫他"小奥"。

"老师的房间大概有多大啊？有没有壁橱①？"

小奥有一个做木工的爸爸，他问了个超级棒的问题。

"两间 6 个榻榻米②大小的房间，外加一个厨房，一个浴室和一个卫生间。两个房间都有壁橱。"持田老师说。

"嗯……那确实有放东西的空间呢。"

接着，木田同学举起了手："老师的房间里有没有床呀？"

"没有。"

"难道被褥就一直铺在榻榻米上吗？"

"啊，早上起床之后会把被褥对折叠起来放在那里。"

"老师，我觉得尽量把被子叠起来放进壁橱比较好。还有，最好一周要晒一次被子哟。"

---

① 这里是指日式房间里的收纳壁橱，一般用来收纳被褥等。
② 日本的住宅，房间面积的大小一般是以能放置多少张榻榻米来计算的。一张榻榻米的面积是 1.62 平方米。

平时说话做事总是一板一眼的木田同学，今天却连珠炮似的发言提建议。

"有没有书架呀？"

"有没有挂衣服的空间呀？"

"每天都会洗衣服吗？"

"老师在哪个房间吃饭呢？"

有趣的问题一个接一个地冒出来，持田老师的真实生活也一点一点地浮现出来。

在一轮提问之后，大家开始对如何整理东西提出建议。

"我觉得还是要先确定下来放物品的地方。"

"脱下来的衣服要马上挂到衣架上，如果要洗的话就直接放进洗衣机里。"

"建议老师在每个房间都放一个垃圾桶。"

这些毫不客气的建议，一听就知道都是同学们平时在家里经常被家长提醒的事情。

最好玩儿的一句话，是班上的"健忘大王"伸夫说的。他说："东西用完了要马上放回原来的地方，不能怕麻烦哟。"逗得大家哄堂大笑。

壮司打趣道："你倒是自己先做到啊！"

我偷偷看了一眼实里，她也露出了一点儿笑容。我心想壮司说得太好了，连实里都被逗笑了。

"老师，我来教您怎么叠衣服才能整整齐齐地收在抽屉里吧！"小笑举起了手。她平时很喜欢照顾人，要是看到有人摔倒了，她能立刻掏出一个创可贴来。

"老师仔细看哟。"

小笑拿出了自己的运动服，反复示范几次，教持田老师叠衣服。

"叠衣服，谁都会吧。"理香笑着说。之前就是她故意问实里："你为什么走路走那么快啊？"

跟以往的班会不同，今天同学们都争着抢着提出五花八门的建议，非常有趣。

就在大家把能想到的方法都说得差不多的时候，平常不太出声的佳乃同学举手说："我有个问题。"

"老师，我想问一下，您平时有没有整理东西的时

间？"她讲话的语气听起来比较委婉。接着她又说："老师，我记得您经常说每天要做的事情有很多，二十四小时根本不够用。"

这话说得没错，持田老师每天清晨早早地就来到学校，站在校门口迎接学生。等我们放学后，老师们还要开会，而且持田老师每周还得花三天课余时间指导垒球队。

佳乃同学接着又说："我觉得老师不用勉强自己，只要从今天大家提出的建议里面挑一些能做到的，哪怕只能做到一条就可以了。"

"好的，好的。"持田老师的声音有些哽咽，他感动得快要流泪了。持田老师向大家深深地鞠了一躬，说："谢谢！谢谢同学们！"

"我想同学们应该也明白了吧，今天讨论的话题，其目的当然不只是让老师的房间变整洁。不过呢，听了同学们提出的各种建议，老师放心了。真的非常感谢同学们！"说着，持田老师又鞠了一躬。

"我想说的只有一点，大家如果有什么烦恼，千万不要自己一个人烦恼。当你有烦恼的时候，就像老师今天这

右手的秘密
YOUSHOU DE MIMI

样做，找人聊聊，把烦恼讲出来。也许你的烦恼不一定都能解决，不过总比你自己一个人苦恼要好得多。大家明白了吗？"

持田老师的话语里蕴含着力量。

"还有啊，有的人明明自己做不到，还教别人这么做那么做的，比如某个健忘的同学。"说着，持田老师微笑了一下。同学们也都连连点头，表示同意持田老师的说法。

持田老师接着又说："有趣的是，同样一件事，每个人解决问题的方法却不一样。比起一个人烦闷好几个小时，也许你身边某个人不经意的一句话恰好让你恍然大悟，眼前云开雾散，烦恼便解决了。"

老师的话音刚落，放学的铃声响了。

一开始我只是想让大家在班会上尽量多发言、多交流，相互增加了解。不愧是持田老师，厉害，太有办法了。而且持田老师最后总结的话是那么意味深长，我心里的一块石头落了地。

"壮司，谢谢了。"持田老师拍了一下壮司的肩膀，走出了教室。

"壮司的妙计大获成功啊。"我也拍了拍他的肩膀。

"比预想的还要成功，这得感谢我奶奶。"壮司说。

"你奶奶？"我问。

"我奶奶呀，每当想不明白事情的时候，一定会用家里所有人都听得见的声音说：'哎呀，真烦，我没辙了。'于是，爷爷、爸爸、妈妈、姐姐、哥哥，当然还有我，大家你一言我一语地讲出一大堆解决方法。我家把这个叫作'没辙会议'。我奶奶说过，人在看见别人困难的时候，一般都会想去帮忙解决。所以在看到持田老师乱七八糟的桌子的时候，我的脑子里一下子闪出一个想法，要不就试试开一个'没辙会议'吧。"

壮司摸着鼓鼓的肚子，嘿嘿嘿地笑了。

星期一，教室里的气氛出现了一些变化。

秋风从半开的窗口吹进来，实里在那里自言自语地轻声说："健忘的人今天忘了带数学课本。"

马上就有人接上实里的话说："伸夫的健忘，怎么说他也改不掉。这样吧，我们随便说个同学的名字，看看他是不是记住了。"

"这就是上周班会活动后产生的效果吧。"我心想，"嗯，真不错。"

"我说……那天班会后，有的同学对相川同学的态度有点儿阴阳怪气的。"有个同学说。

伸夫能记住女生的名字吧。相川同学，就是那个很会照顾人的小笑。

"嗯，我也注意到了。"伸夫答道。

说到小笑，从上周班会后，那几个专门听理香指挥的女生，特别关注小笑的一举一动，不管小笑做什么，她们总是在周围窃笑。虽然女孩子中间好像总是出现这类事情，但是我理解不了那几个女生为什么总是跟小笑过不去。很显然小笑开始变得消沉低落。我心想，再这样下去就麻烦了。小恒和壮司也都愁眉苦脸地说："让人看着很不舒服。"只有实里摆出事不关己的态度，她什么都不说。

我观察了两三天，这种现象还没有消失。周三上午课间休息，就在我打算去告诉持田老师的时候，发生了一件事。

小笑刚从厕所回到教室，理香等人立刻传来了窃笑声。我心想她们那几个人又要搞事了，就在这时，好像有谁走近了理香。

原来是实里。只见她腰板笔挺，俯视着坐在那里的理香，生硬地问道："有什么好笑的事情吗？"接着，她又提高了嗓门，"是什么事让你这么好笑？"

"什么啊……"理香怔了一下，眼中带刺地看了一下实里。实里俯下身，在理香耳边轻轻说了什么，理香的脸当时就红了，而实里像平时一样快步走开了。我看向小笑，她刚才紧张的表情一下子舒展了。

"漂亮！"小恒的视线离开了数学练习册，轻声说道。壮司也立刻靠过来，有点儿兴奋地说："实里也会做这种事情啊。"

"嗯，吓我一跳。"我说。

这就像挺拔的大树摇晃了几下树枝一样，我似乎看到了实里不一样的一面。

右手的秘密

午休时间到了，我本来和实里约好让她每周一给我的右手掌心画猫头鹰，但是，今天我提前去图书室找实里。果然不出所料，实里满脸不悦地说："今天才周三啊，不是周一。"

"你对理香讲了什么？让她变老实了。"

我很好奇，究竟是因为什么理香脸红了。

"没讲什么。"

看来实里不想告诉我，但我仍然站着不动，等着她回答我。她语速极快地说："没说什么特别的，只是告诉她睫毛夹的使用方法，让她再多练练。"

"睫毛夹？"

"是夹住睫毛让睫毛卷起来的工具。理香同学的睫毛，形状有点儿不自然，我想大概是用得还不够熟练吧。"

"女孩子都用这种东西吗？"

"她们那几个小伙伴都在用。"

我都没注意，女生中还有人用这个东西。

"学校是禁止化妆的，所以女孩子就在这种小细节上讲究一下时髦吧。这是我之前学校里的同学告诉我的。"

她的口气听上去就是，我对化妆一点儿都不感兴趣。

"挺惊讶的，我以为实里不会和班上的这种人扯上关系呢。"

"我去管闲事是因为我的漫画。"

她摆弄着铅笔，手停了下来，瞥了我一眼："小笑同学……她大概是那种就算别人没拜托她，但如果朋友遇到麻烦了，她也会去帮忙做点儿什么的人吧？"

"嗯，是的。"我说。

"她这种性格的角色，在我现在画的漫画里有一个。"

"啊？"

"要是她就这么一直闷闷不乐，那就麻烦了。我希望她能笑得更开心，在同学们中间更活跃，不然我没办法把她当作漫画的参考人物，所以才出面帮了她。"

"啊？"原来实里做事也是有小心思的，看来她已经完全了解了小笑的性格。

"你画的漫画，讲的是什么故事呀？"我问道。我

右手的秘密
YOUSHOU DE MIMI

想她一定会说："不告诉你。"但是没想到她立刻告诉了我："是一个对蛮横的父亲复仇的故事。"一听这话，我吓了一跳。

"骗你的。"她又说。

"什么嘛，骗人？难道是悬疑类的漫画吗？"

"不告诉你。"

果然还是不告诉我。实里看了一眼墙上的挂钟，开始收拾铅笔。

"啊，难得的机会，再拜托你一次。"我伸出了右手。

"画的猫头鹰不是还没消失吗？"

"但是已经模糊了呀。"

其实我刚才仔仔细细地用香皂洗了三遍。

"这个猫头鹰，有种充满力量的感觉呢，颜色变淡了就不灵了。"

我把壮司肚子疼和小恒在数学上遇到的难题都讲给了实里听。

"这是偶然巧合吧！"她把我的话当作了耳旁风。

"哎，还有啊。"我赶紧说。

　　虽然我觉得实里可能会把我当笨蛋看，但是我还是把在牧场敲壮司肚子的事告诉了她。

　　实里很惊讶："七甲田牧场的餐厅原来是你家开的啊，我都不知道。"

　　她又兴奋地说："听说那里的牛肉咖喱很好吃呢。"

　　"啊？哦，好像是吧！"我随声附和。然后，我马上又故作镇静地说："我倒是觉得挺一般的。"

　　我在心里摆了个大大的胜利姿势，我家的牛肉咖喱原来这么有名了，我得赶紧告诉爸爸。

个人信息

爸爸最近送了我一部二手数码相机，我因此迷上了摄影。一想到把映入眼帘的景色用相机拍下来，我就兴奋不已。我对爸爸说："我想拍些不一样的照片。"爸爸对我说："那就去拍牧场的朝霞吧，天气预报说明天也是晴天，应该能拍到很美的风景。"一讲起牧场的风景，爸爸就像是在炫耀自己的宝贝似的。

星期六凌晨五点，我早早起床了，很难得。

"小丈，三脚架别忘了哟。"

"嗯，带好了。"

我们到了牧场，一看，停车场里已经停了一辆白色轿车。

"哦，真是稀奇，今天已经有人先到了。"爸爸说。

这时，东方发白的天空，眼看着就要变红了。

"你去选个好位置拍照吧！"交代完这句话，爸爸去餐厅准备开门营业，我自己来到了有很多橡树的小山岗上。

在小山岗上，我看见了两个人影，估计是开着那辆白色轿车来的人吧。

"啊！"我一下子停下了脚步，原来是那对父子。我正犹豫着该怎么办才好，正解这时也发现了我。

"早上好！"他亲切地向我打招呼，就差走过来拍一下我的肩膀了。

"早，早上好！"我急忙微微低头行礼。

一脸睡意的小陆也突然露出了开心的表情，他向我打招呼："早上好！"我心想，可怜的小家伙一定是被他爸爸硬拉过来看日出的。

"小陆，快看，天空已经很红了哟！"正解用手指向天空。

广阔的天空，颜色突然发生了变化。漫天的云朵像层层波浪一样，一排排一列列，朝霞透过云朵，云被染红了。

我在那两个人身后找了块平坦的地方，急急忙忙地把相机架在三脚架上。

"怎么搞的？"明明昨晚爸爸教过我了，但是我还是固定不好相机，螺丝的转动方向是不是弄反了？就在我手忙脚乱地摆弄相机的时候，天空也在不断地变换着模样。

这时传来了脚步声，"来，我给你看看。"

原来是正解。

"啊，不好意思。"我说。

他把相机底部的孔和三脚架的螺丝对到一起，边拧螺丝嘴里边发出"嗯，嗯"的声音。只几秒，干净利落。从他手的动作来看，我知道他是在小心翼翼地调整相机。

"设置完毕，高度的话……"他仔细端详了一下我的个头，随后熟练地把三脚架的支架一个一个地拉长。

"这是你的相机吗？"他问。

"是的，是爸爸送给我的。"

"这样啊，这款相机面世时，可是当时功能最全的相机。那时候叔叔也想买呢，但是买不起。好了，搞定。"

虽然他夸的是相机，但是我觉得他是在夸奖我爸爸。

"谢谢！"我向他鞠躬，大声地道了谢，声音大得连我自己都吓了一跳。我抬起头，又被小陆的表情吓了一跳。

怎么说呢……他脸上露出了十分骄傲的表情，仿佛在向我传达："你瞧，我爸爸很能干吧！"这让我很意外，很惊讶。

就在这时，天空中的朝霞变得更红了。

"哇，天空好好看啊！"

我俯身看着相机，耳边不时传来小陆激动兴奋的声音。

"爸爸，天空为什么会变红呢？"

"太阳光是由七种颜色构成的，我之前教过你了吧？"

"嗯，是彩虹的颜色呢。"

"是啊，你理解起来可能会有些难。假设这是太阳，这是地球……"正解两只手握成拳头状，举到小陆面前比画着给他看。

"太阳升起和落下的时候，你看，太阳光是斜着射进来的，对吧？因此，光到达地面的距离也变长了，明白了吗？"

他解释得很详细。

"七色光在这段长距离的照射当中，撞上了大气中的尘埃，分散开来。大气，就是地球周围的空气。但是呢，其中有一束光很坚强，没有被冲散，就这样来到了地球。"

"啊，那是红色的光对吧？"

"答对了。"

正解讲的这些我原先并不知道。

"爸爸，朝霞和晚霞虽然很像，但还是不一样呢。"

"哪里不一样呢？"

"嗯……晚霞的话，有种在蓝色画纸上涂了红色的感觉。"

"嗯嗯。"

"但是朝霞的话，是在红色画纸上涂了蓝色的感觉。"

"对的。"

与之前玩投接球的时候完全不同，今天的小陆很活泼。他们父子俩的愉快对话，我想一直听下去。

我刚取下相机，发现镜头里出现了两个紧挨着的背影。

咔嚓，我悄悄地按下了快门。

天，完全变蓝了，和往日清晨的天空一样。

小陆打了一个大哈欠，正解对他说："好啦，回去吧。"

这时突然刮起了一阵风，小陆的帽子被风吹到了我跟前。我捡起帽子，小陆跑过来说了句"谢谢"。

他看着我的手小声嘟囔道："啊？今天猫头鹰不在呀。"

"嗯？"

"你怎么知道的？"我立刻意识到他是在我给他冰

激凌的时候看到的。上次实里给我画的猫头鹰早就消失不见了。

"你对猫头鹰也非常了解？"我问。

"因为和姐姐画的猫头鹰一模一样。"

姐姐？

"小陆几岁了？"

"我六岁。"

爷爷确实说过实里有个还没上小学的弟弟。看着小陆奔跑回去的背影，我大吃一惊。他的运动鞋后跟上写着"实里"两个字。

难道他是实里的弟弟？如果是这样的话，也就可以理解实里为什么会知道牛肉咖喱的事了，也就是说正解是实里的父亲。

罕见的是，今天我刚走近实里，她马上就向我打招呼。

"可以帮忙翘个二郎腿吗？"

"嗯？"

"没有模特的话，我画不好。"

"啊，是吗？是这种感觉吗？"我摆了一个姿势。

实里坐在我的正对面，迅速地画起了素描。被人目不转睛地盯着看，我觉得很害羞。

"我的屁股有点儿痒。"

"忍一下，姿势走样了。"

"知道了。"我不情愿地说。

我心里嘀咕着，这力量也太悬殊了，我竟然被女生控制得动弹不得。

大概过了五分钟，她又跟我说："抱着胳膊。"我照着她的指示做了。

"这回是我的鼻尖痒了。"

"忍一下吧。"

没办法，我只能开动嘴巴："你知道天空为什么会因为朝霞和晚霞而变红吗？"

"要我解释吗？太麻烦了。"

"你不知道的话我也可以告诉你。"我说。

她没有回答。

“可以动了吗？”

“还不行。”

“画好了吗？”

“还没有。”

当我觉得快要坚持不住的时候，她终于说：“画好了。”她摊开笔记本给我看。

只见摆姿势的素描旁边，画着三个大小不同的圆。实里一边在圆圈上画箭头，一边快速地解释：“这边是地球，这两个是早晚和白天的太阳。早晨和傍晚的太阳光是斜射过来的，因此穿过大气的距离比白天从上方直射过来的太阳光长得多。除了红光，七色光中的其他光和大气中的尘埃相撞后破碎。因此，受残留的红光影响，天空看起来是红色的。”

果然，实里知道原因。

“有图的话就容易懂了，我最近才知道原因。”我说。

“我早就知道了。”实里说。

“哇，真厉害，是谁告诉你的？”

"我忘了。"实里生硬地回答道。

第五和第六节课上我一直想着同一件事。也就是实里说"我忘了"时的那种僵硬的表情。很快我就想明白了，实里是不太想提起她的爸爸。我似乎可以想象正解是个怎样的父亲。我记得之前问实里，漫画中画的是什么故事时，她当时回答"是一个对蛮横的父亲复仇的故事"。现在看来，实里当时说的不像是玩笑话。

实里心里藏着巨大的阴影吧？我该怎么办才好？啊，我多管闲事的毛病又犯了。就在这时，我仿佛听到了猫头鹰咕咕叫的声音。突然我脑海里闪现出一个想法，爷爷不是有朋友圈子吗？

猫头鹰果然厉害啊，它给了我灵感。

晚上，在浴室玻璃门里面，泡在浴缸里的爷爷发出"嗯，嗯"的声音，看起来他心情不错呢！

小学三年级之前，我每天都和爷爷一起泡澡。但是现在我长大了，百分之百不愿意和爷爷一起泡澡。然而这个时间，只有在浴室里和爷爷聊天，才不会被爸爸妈妈打扰。

"爷爷，我帮您搓一下背吧。"我打开了浴室门。

爷爷用戒备的表情看着我："你是来向我要零花钱的吗？"

"不是的。"我说。

爷爷从浴缸里出来，背对着我说："要仔细地用肥皂打出泡沫哟。"

我用爷爷喜欢的丝瓜刷给爷爷搓背，小心地说："爷爷，我想问一下，您在朋友那里听来的个人信息。"

"我不是说不能告诉你吗？"

"爷爷能不能稍微透露一点点。"

"擦得太轻了。"

我一下子使了很大的劲。

"太用力了！"

一会儿要我轻一点儿，一会儿又要我重一点儿。一会儿让我擦左边，一会儿又让我擦右边。在爷爷的各种要求下，我帮他擦了十五分钟。爷爷洗净泡沫后又泡在浴缸里。他低声说："你说的那件事，我跟你说说详细情况吧。"

爷爷用毛巾擦了擦脸上的汗，低声哼哼了几声。

"嗯，听说来牧场的那对父子，是实里同学的父亲和弟弟。"

哗啦一声，爷爷站了起来，接着又坐在了浴缸边。"接下来我要说的事，千万不能泄露出去哟。"爷爷瞪着我说。

"和我一起的朋友中啊，有个在公立大学附近做房屋中介的家伙。据说初夏那段时间，有个女孩子每天都去他店里。就是那个，房屋中介不是在店铺的玻璃窗上贴着房屋信息吗？比如房租、房间结构什么的。据说那孩子每天放学回来都会盯着那些信息看好久。"

"那是实里吗？"我问。

爷爷点了点头，继续说道："那本来就不是小学生感兴趣的东西。所以，房屋中介老爹很在意她的举动，还试着跟她打过招呼。"

据说实里认真地介绍自己，问有没有不用付押金和礼

金①的房子。房屋中介老爹很惊讶小学生竟然会问这种问题，他问："你说的押金和礼金是指什么？"

实里回答说："就是租借房子或公寓的时候，除了房租以外必须交的费用。怎么说好呢，就是像押金之类的费用，我已经认真调查过了。"

房屋中介老爹说也不是没有不交押金和礼金的房子，可是不能租借给小孩子。实里说："是我跟妈妈，还有弟弟一起住。"房屋中介老爹让她下次跟妈妈一起过来。听说，她不情愿地走了。

"是我跟妈妈，还有弟弟一起住。"这句话刺痛了我的心。

"话还没说完呢。"爷爷满脸是汗，用毛巾擦了两三次。

据说实里刚走，就进来一个男人。

"哎哟，哎哟，这不是实里先生吗？"

实里先生是今年春天从东京搬过来的，是公立大学的

---

① 在日本通过房屋中介租房子时，有的地方会收取相当于一个月房租的礼金，由中介转交给房东，意为答谢房东提供房源。另外，与租房时的押金不同，租房契约结束后，礼金是不退还的。

老师。他是通过这家房屋中介公司找的房子。

实里先生说："刚才我看见我女儿进你们店里了。"

他说，之前也看到他女儿在这家店门前站着，刚才看见她进到店里了。

"是实里小姐的爸爸呀，您是大学老师吧？"

"嗯，我也不知道该不该跟您讲。您知道我家有四口人，最近女儿说，想跟妈妈和弟弟单独找房子住，就是要跟爸爸分开住。我也不知道发生了什么事情，就是觉得这事有点儿不太好说。"

听爷爷说到这里，我心想：班里也有几个同学的父母离婚了。难道实里的父母也要离婚？我追问爷爷："那，结果呢？"

"好像房屋中介的人也不好说什么，她爸爸也就没再问，回去了。"

我说："说不定实里就是因为去中介问租房信息，被正解说了一顿呢。"

爷爷讲的是暑假前发生的事情，于是我拼命地回忆暑假前实里的样子。但是我能回想起来的只是她那飞快的走路姿势。我想象着暑假前，班级里同学们都非常兴奋地盼着放假，只有实里独自一人在为爸爸妈妈离婚的事情烦恼吧。

"那天之后，好像实里小姐再也没去过房屋中介店。中介店的老爹挺担心她的，还问过我：'你家小丈有个叫实里的同学吧？好久没见到她了。'"

"实里的爸爸妈妈离婚了？"我急切地问道。

"这个嘛，只有这件事……"爷爷像是喝了什么苦味的东西似的，含含糊糊地说。

我想刨根问底地把事情问清楚，不过转念一想，说老实话，这种事最好不要知道。知道的话，我心里反倒会更难受。

心手相连

秋季运动会快到了，我们班早就开始练习集体操和走方队了。可是，这周三的班会上才开始选各个活动项目的负责人。

班会干事①在黑板上写下了决赛裁判员、记分员、救护员、啦啦队队员这四项之后，持田老师说："今年还增加了一项。"说着，持田老师又在黑板上添上了"班旗制作负责人四人"。老师说："今年学校规定高年级各班要绘制一面加油助威的班旗，旗帜上的图案要以各班制

① 负责在黑板上抄写班会议程等。

定的学年目标为主题，我们班的学年目标主题是'心手相连'。学校要求绘制 A0 幅面① 的全开纸张大小的旗帜，所以早点儿开始准备比较好。"

"唉，真麻烦。"不知谁喊了一声。教室里立刻变得嘈杂起来。

持田老师带着歉意补充说："绘制旗帜的同学可以缩短放学前班会时间。（日本中小学的班级活动中，每日有早班会和放学前班会。早班会时间比较短，利用上课前很短的一段时间进行。由值日生布置当天要完成的任务和要达到的目标，也有每日一歌、每日一曲，以及全班每人讲一句话等，重点是让学生在学校度过一天快乐的学习生活。放学前班会是总结这一天大家做得怎么样，是不是完成了今天的任务，是否达到了设定的目标，并期待明天的学校学习生活。）每天做三十分钟，就不会有额外任务了，大家觉得怎么样？"

报名做哪个项目的负责人呢？或者是哪个项目轻松呢？大家都在思考着，也有人和好朋友一起商量。

① 尺寸为 841 毫米 ×1189 毫米，幅面面积约为 1 平方米。

坐在前面的小恒站了起来，只见他走到壮司跟前，跟壮司低声耳语。

这两个人在干吗？我有种不妙的预感。

"有人想担任决赛裁判员吗？"

大家都举起了手。不管哪个项目，负责人的选举都相当顺利，大家都想做不费力气的事情。

"想要担任制作班旗负责人的同学请举手。"持田老师说。

我正想着怎么可能有人举手呢，就听见小恒和壮司同时说道："我！我想报名。"两人同时举起了手。

我怀疑自己的眼睛看错了，难以置信！

"还差两个人，还有想报名的同学吗？"持田老师又问。

小恒举起手喊道："我推荐小丈同学，他画画挺好看的。"

什么呀，这个家伙！我虽然不太想做，但是被小恒当众提名推荐也就没办法拒绝了。我不情愿地站起来说："嗯，好吧，我报名。"班上立刻响起了热烈的掌声。

接着壮司又举起了手，说："我推荐实里同学，她很会画画。"

我终于知道了刚才这两个家伙谋划的事情。可是壮司刚说完，教室里瞬间就变得异常安静。大家都回头看坐在教室最后一排的实里，等着她回答。

"让我做也不是不行。"实里生硬地说道。

小恒立刻带头鼓掌，全班同学也都鼓起掌来。

太好了！有实里就可以一个顶俩。我放下心来，松了一口气。小恒转过头来对我说："不好意思啊，小丈，我最近正在备考算数测试呢，没时间绘制班旗。"

壮司也走过来对我说："我也没时间，你也知道我画画水平差劲得连我自己看了都觉得好笑。"

"你们俩这是干什么啊？"

"你别不高兴啊，我不是推荐了实里和你一起做吗？"壮司笑得眼睛眯成了一条缝。他摆出一副很得意的样子，啪啪地拍着我的肩膀。

我终于明白了他俩谁都不想花时间做班旗，是想让我和实里两个人去做。真是可怕的家伙们！

这时实里过来对我说："抱歉，放学后我得按时回家。"

"什么，那就是说你不能留下来做班旗了？"我问道。

"如果在家里设计好班旗图案的话，是可以的。但是如果放学时间延长的话，就有些麻烦了。"实里回答道。

瞬间，我的心沉入了谷底。实里少见地很客气地解释道："我有一个上幼儿园的弟弟。我妈妈傍晚四点到七点要去课外辅导班上班，不在家。我不能让弟弟一个人在家。"

原来是小陆的事情啊，我想出一个好办法。

"这样的话，不如我们去征求持田老师的意见，去我家画怎么样？然后你把小陆也一起带过去就行了。"

实里皱起了眉头，看着我说："你怎么会知道我弟弟的名字？"

糟了！我这个大笨蛋！

"啊——我猜对了？我真是太厉害了！"我拼命地想要糊弄过去。

右手的秘密
YOUSHOU DE MIMI

我不能跟实里说暑假在牧场和餐厅见过小陆好多次。还有那次清晨，在牧场看火红的日出遇见小陆时，他说我手上的猫头鹰和他姐姐画的猫头鹰一模一样，让我吃惊不小的事情也不能讲。记得当时我看到小陆运动鞋上的名字，还想着不会这么巧吧。

我急得满头大汗，脑子里迅速搜索，找出最有说服力的理由："我已经和小陆是朋友了，你就把他带来吧！"

"但是……"

没办法了，只能使出最后一招了。

"我爷爷最近有些糊涂了。"我一下子把肩膀耷拉下来，装出一副失落的样子。

"我爷爷最喜欢小孩子了，要是像小陆那么大的小朋友能去我家玩的话，他一定会特别高兴的。说不定他一开心，糊涂的毛病就一下子没有了呢！"

"原谅我吧，爷爷！"我在心里向爷爷道歉。

"你爷爷……"实里像是想起了什么似的小声嘟囔了一句。她又说道："那就去你家吧，就这么定了。"

太好了！我心里那个乐呀！

"那我立刻去问问持田老师。如果他同意了，要不要从今天开始就去我家？"我高兴地问。

"不！首先，到后天周五之前，我们都自己在家想一想班旗的设计图案，然后再一起讨论，先把设计方案定下来才行。之后我和弟弟再去你家里，你觉得呢？"

"知道了，没意见。"我无奈地说。

实里不管是走路还是画画，速度都很快，没想到制定计划也这么快。

我刚要去持田老师那里，却被实里叫住了："那个……我想问一下关于小陆和我爸爸的事情……你在牧场见到他们的时候，他们都在做什么？"

"做什么？啊，我看见他们俩练习棒球的投球、接球。还有啊，小陆在我家餐厅吃牛肉咖喱时，总是吃得很香呢。"

"是这样啊。抱歉，问了奇怪的问题。"实里的表情放松了下来，看上去她好像松了一口气。

我去教师办公室，持田老师听了我们的计划，非常赞成地点了点头。他说："我知道了。要麻烦你们了，老师会跟小丈和实里的父母打电话说一声的。"最后，持田老师拍了拍我的肩膀，说："老师非常期待你们的画哟。"

事不宜迟，从当天晚上开始，我就构思起了班旗的图案。我暗暗下决心：至少我要想出一个不被实里小瞧的设计图案。

我们班旗的主题是"心手相连"。心手相连，心手相连，我怎么想也想不出好主意。就在从冥思苦想中回过神来时，我发现自己正看着右手，小声嘟囔着："猫头鹰鹰鹰，猫头鹰鹰鹰。"

"心手相连，心手相连，还是先让手相连吧。"我试着画了一幅手拉手的画。

"啊，那就画围着旗子手拉手……"

这时，我的脑海中浮现出运动会上最后一个项目——六年级以班级为一组的团体对抗赛项目——蜈蚣赛跑。（这是日本小学的运动会上常见的团体赛。即用绳子或细长带固定多个人的脚踝一起行进的游戏。因游戏像蜈蚣爬行，故称为蜈蚣赛跑。）全班同学排成一竖列，用绳子把大家的脚脖子捆绑在一起，在两百米的跑道上赛跑。比赛一开始，整个六年级的呐喊声和助威声响成一片，那气势仿佛要撼动大地。以前在运动会上观看这个比赛，我都很兴奋，一想到今年终于要轮到我们上阵了，我既激动又期待。

"把相连的手换成脚如何呢？"我画了一张用绳子把大家的运动鞋紧紧系在一起的图案。蜈蚣赛跑时，所有人步伐、动作必须要完全一致才行，最重要的是全班同学要心往一处想，劲往一处使。

"完成了！"

我一直画到很晚，终于完成了班旗的设计图。

周五午休时，我和实里相互看了一下对方的设计图案，我俩都大吃一惊。

"哇，这两张图几乎是一模一样的。"

实里的设计图也是画了很多穿着运动鞋的脚，而且正好对应班级的人数，一共是二十八只。要说不一样的地方，那就是我画的脚是围绕着旗子边缘一圈画的，而实里画的是在旗帜的上半部分和下半部分各画了十四只脚。

"听说，六年级的团体项目蜈蚣赛跑是我们学校的招牌项目，所以我才画了这个。没想到我俩画得会这么相似……"实里长叹了一口气。

都是猫头鹰的功劳，猫头鹰太——厉害了！

"小丈画的这幅画，更有二十八个人心手相连的感觉，就用你的吧。"实里说道。

"正中间的'心手相连，六（3）班'的文字设计，还是实里的更有冲击力。"我谦虚地说。

就这样，班旗设计图的定稿比预想得要顺利。在当天的放学前班会上，我们立刻给全班同学展示了一下设计图案，同学们用热烈的掌声鼓励我们，我们还从老师那里领到了布和绘图工具。

"事不宜迟，就从今天开始吧！"我把事先准备好的地图给了实里，上面标注了到我家的路线。

"爷爷，爷爷！"放学后，我急急忙忙回到家，进门就喊。

"这么吵，怎么啦？"

"班旗的设计方案已经定下来了，今天就要开始正式

绘制班旗啦。"

还有不到三十分钟，实里和小陆就会骑自行车来了，我兴奋得不知该做什么才好。

"我就知道是这回事。"爷爷很冷静地说道。我再一看家里的客厅，已经被收拾得整整齐齐，冰箱里还放着三份小蛋糕。

"啊，爷爷今天还剪头发了？"

"今天没有人玩，所以很闲啊。"原来爷爷心里也和我一样，很期待呢。

玄关传来声响。

"不好意思，请问有人在家吗？"

"来了，终于来了！"我心想。

我和爷爷争先恐后地跑向玄关："欢迎，欢迎！"

看到我，小陆张大了嘴巴，瞪圆了眼睛说："是冰激凌大哥哥！"

"你看，今天它在的哟！"我把手伸给小陆看。这是今天中午我让实里画的猫头鹰。

小陆高兴地笑着说："果然是姐姐画的猫头鹰呀！"

"小陆，还没有打招呼呢。"实里提醒他。

"啊，下午好，今天打扰了！"小陆礼貌地鞠躬行礼。姐弟俩并排站着，长得还真挺像的，而且实里看上去比平时还要稳重、成熟。

"来，快进屋。"就像是自己的朋友来家里串门似的，爷爷高兴地招呼着俩人进屋，"来，先坐下来吃蛋糕。小丈，别忘了把饮料也拿来。"

"让你们久等了。"等我把蛋糕和饮料拿过来的时候，客厅里的气氛已经十分融洽了。不过，在听到爷爷问实里"你父亲在哪里工作"这个问题的时候，说老实话，我有些担心会出现尴尬的场面。

"我父亲在公立大学做讲师。"实里平静地回答，表情丝毫没有变化。小陆紧紧地贴着姐姐坐，爷爷问什么，他就立刻爽快地回答什么。

我看了一下时间，已经五点多了，于是说："我们开始画画吧。"

"小陆，我们去那边的房间玩游戏吧。"说着，爷爷带小陆去了自己的房间。

"你爷爷不是挺正常的吗？"

"是，是啊，今天看上去状态还挺好的。"

我在桌子上铺开做班旗用的画布，准备先打个底稿。

"今天有点儿迷路，所以来迟了，以后四点半之前应该能到你家。"实里说。

"那，一天最多能画两个小时。还有两周呢，运动会之前完成，绰绰有余。"我说。

"我每天都带小陆来，不会给你们添麻烦吧？"

"你看到我爷爷的样子了吧，他超级高兴。我倒是担心，小陆会不会觉得无聊呢？"

"没事啦，他很喜欢和爷爷奶奶一起玩呢。我爷爷奶奶都在东京，离得很远……"实里的声音很温柔。

"你这个姐姐还挺会照顾弟弟的。"

"才没有。"瞬间，她又换回了平时的那种语气。真是难懂啊！

在布料上画画远比想象中要难，今天我和实里只完成了底稿的四分之一。天晚了，实里和小陆该回家了。

"小陆，再见！"爷爷摆摆手说。

"嗯，星期一见！"小陆说。

爷爷和小陆已经成为好朋友了。

看到门外停着一辆后座安装着儿童坐椅的自行车，爷爷说："哦，你们骑一辆自行车来的？"

"我想骑自己的自行车过来，可是姐姐说，晚上天黑太危险了，不让我骑。"小陆有些不情愿地坐上儿童坐椅。

实里从前面的车筐里拿出安全头盔给小陆戴上，还拿出了登山用的头灯，戴在了自己头上。

"因为要经过车流量很大的道路，只靠这辆自行车的车灯（日本的自行车都安装有夜间照明车灯，车灯是利用车轮行进摩擦发电发光的原理制作的）来照明，还是有些不放心。"实里说。

"没、没问题吗？"我问道。

我心想，戴上头灯不觉得很难看吗？

"嗯，这个是远射聚光头灯，开车的司机很容易辨别。"

不，我问的不是这个。我是想说她这身装束，看上去

右手的秘密
YOUSHOU DE MIMI

有些不协调。

"今天打扰了！"实里行了个礼，骑上自行车离开了。

望着她的背影，爷爷像是在叫好一般小声说道："这个孩子真不错。"

是的，实里在全力保护着弟弟。

回到屋里，我问爷爷："你们玩什么游戏了？"

"没有，这不，我们刚进了我的房间，小陆就看见了围棋。"爷爷说。

实里和小陆刚离开我家，我就期盼着下周一快点儿到来。尽管实里才来了我家一次，我已经感觉和她的距离缩短了一半。

又过了两天，那是个星期天，我去家附近的购物中心买漫画书，刚走出书店，便看到一个男孩啪嗒啪嗒地在我眼前跑过去。

"小陆，姐姐在这里。"

我循声望去，是实里。她在那里等小陆，他们手拉手走了。没想到在这里竟然能遇到实里，我刚要追上去，发现正解走在他俩前面，就停下了脚步。我看了一下周围，没发现像是实里妈妈的人，只有他们三个人。

我还是第一次看到正解和实里在一起，觉得有点儿不可思议，尽管我知道他们是父女俩。

他们三个人走进了超市，我在自动贩卖机买了一瓶果汁，远远地坐在一个长椅上，眼睛瞄着收银台。过了一会儿，实里他们三个人出现在收银台，结账后，他们把买的东西塞进袋子里，往外走去。

怎么看他们都是很普通的父女、父子，看不出来他们特别开心，也看不出来他们关系不好。实里是真的想离开她爸爸吗？

他们要回去了，我站起来也准备回家。就在这时我看见实里慌慌张张地又跑回来，她手里拿着什么，在超市入口转来转去。

"怎么了，发生什么事了吗？"我迎上去问。

我以为实里看到我会吓一跳，但是她像是抓到了救命稻草似的，用一种从来没听到过的慌张语气问我："你知道塔塔酱是用什么做的吗？"

"你瞧，这里也没写塔塔酱的配料，妈妈刚才忘写了，怎么办才好呢？"她把手里捏得皱巴巴的纸条递到我跟前。

那纸上写着竹荚鱼、卷心菜和色拉油之类的食材名称。难道实里是拿着她妈妈写的购物清单来买东西？要回去时，才发现少买东西了吗？

"没有塔塔酱，就不行吗？"

我知道塔塔酱是什么东西，但是为了一个塔塔酱至于这么慌张吗？我心想。

"平时妈妈是周日休息，但是今天妈妈必须得出去上班，她把购物的事情交给了爸爸。不行，不行，没有塔塔酱不行，这样的日子，疏忽大意可不行。"

平时话不多的实里，今天却拼命地解释她要买塔塔酱的理由。实里说了好几遍"不行"，现在她又开始到处看，开始找时钟。

"发现还有没买的东西，我就跑回来买，时间来不及了……"她焦急地说。

我能想象出她下一句话还是"来不及了"。

"你家里人跟你一起来的吧，他们在哪里等你呢？"

实里点点头说："在车里。"

"明白了，你等一下。"

我奔向超市服务中心，借来一支笔，然后朝公用电话那里跑，投了10日元硬币①（折合人民币五毛多），我迅速地拨通了餐厅的电话。

太好了！妈妈马上接听了电话，我急切地问："妈妈，快告诉我做塔塔酱用的材料。"

"什么？"

我告诉妈妈我打的是公用电话，很急。妈妈也就没再多问，马上告诉了我要用到的食材，我把这些信息记在了刚刚买的漫画书的空白处。

"明白了，嗯，谢谢！"

放下电话，我回头一看，实里不安地站在我身后。我把记的信息拿给她看，她说："鸡蛋、醋、蛋黄酱，家里有，洋葱好像也有。"

---

① 在日本用公用电话往本地座机打电话，五毛多人民币大约可通话57.5秒，往相邻20千米的区域打电话，通话时间一般为40.5秒。

"好像有很多种做法，我妈做的话是放黄瓜的，她说有的人还会放荷兰芹①、西式咸菜，还有藠头②。"我说。

实里想了一下说："材料不够的话，妈妈就没法做了，那我就都买来。"

虽然还有很多话想问她，但是我还是闭上了嘴巴，和实里一起快步地去找食材。

在排队结账时，我对实里说："事发突然，如果我妈在电话里没有把食材说全，那就对不起了。"

实里说："谢谢你帮忙！"结完账，实里连头都没回，径直往外跑去。

"这样的日子，疏忽大意可不行。"实里确实说了这句话，我搞不明白，疏忽大意的是她的妈妈，为什么实里那么慌张呢？这不是平时的实里，我想是不是她家里有什么不为人知的事要发生。

"怎么了，小丈？你那是啥表情？"是爷爷的声音。我不记得是怎么走回来的，已经回到家了。

---

① 在中国也称作香芹。
② 读音为 jiào tou。百合科多年生草本，属葱类，原产地是中国。初夏收获长在地下的狭卵状鳞茎，腌制食用。

"她是说'疏忽大意可不行'吗？这话有些不妙。"
爷爷听我学了一遍实里说的这句话，表情严肃得令人
可怕。

"我妈妈做事也会疏忽大意的。"我说。

"爷爷也有过，谁都会有疏忽大意的时候。"

"笑着糊弄过去不行吗？"我又说。

爷爷忽然苦笑了一下，说："人和人不一样啊。"

这个我懂。

"现在我们什么也做不了，着急也没用。"我心想。
但是，我也不能装作今天没见过实里。我想起了持田老师
说的话："有烦恼的话，就去找人聊聊。烦恼不一定能解
决，那也没关系，总比一个人烦恼要好。"

实里现在一个人在烦恼着。

第二天是周一，我到学校一看，实里已经到了，我走
过去跟她打招呼："早上好！"

实里有意不看我，回答道："昨天谢谢你的帮助！"

我本来想问："做塔塔酱的那些材料对吗？"但是我

还是换了个话题，"对了，我爷爷说小陆还是下围棋的高手呢。"

实里扬着脸说："啊，三岁就开始学了。"

实里的脸上出现了笑容，我的话题转换成功了。

正在这时，小恒和壮司走了过来。

"班旗做得怎么样了？"壮司问。

我急忙回答："还在进行中，刚开始画。"

"下回我给你们带慰问品来。"

听壮司这么一说，小恒用胳膊肘碰了一下壮司，说："行了，你别去捣乱了。"

"你说啥呀，啥是捣乱？对了，什么时候开始练习蜈蚣赛跑？"

"这周三开始，是晨练。"

听小恒这么一说，壮司马上不开心地说："晨练？"他的表情一看就是嫌早起太烦。

傍晚，实里骑自行车来了，后座上坐着小陆。

爷爷热情地招呼他们："哦，小陆，你又长高了。"

"爷爷，别逗他了，这才刚过三天。"我说。

大家都被逗笑了。

"哦，实里同学，三天没见，你越来越漂亮了。"

"谢谢！"实里笑了一下，规规矩矩地回答。

第一次听到实里回应玩笑话，姜还是老的辣，还是爷爷厉害，会讲笑话调节气氛。

这天用了一个小时才画完底稿，终于该上色了。在画底稿时我们都是默不作声，上色时我和实里边讨论着用哪种颜色，边聊着天。

"不好意思啊，把你也拉进来。"我先道歉。

"我提议让你每天带着小陆来我家，你平时挺不容易的吧。"

上周他们来的时候，爷爷从小陆那里打听到了，他妈妈也在外面工作，实里在家里要帮着做很多家务。

"你们一定很辛苦吧？"我又说。

实里停下笔看了看我："你不用道歉呀，你赶紧把全班同学的名字都写到二十八只运动鞋上去。"

这个回答让我很意外，"好嘞，我来写！"

往画布上写名字时，我的眼前仿佛浮现出同学们热热闹闹地找自己名字的场景。正当我沉浸在想象中时，实里说："也许会提高我们班的凝聚力呢。"

我有些惊讶，没想到从实里的嘴里会冒出这句话。

"运动鞋有大有小，画出来的鞋子也应该大小不同吧？比如，个子最高的山下，他穿 27 号鞋吧？"我说道。

"可是底稿已经画完了呀！"实里有些为难。

"以底稿为准，小号的鞋子改小一点儿，大号的鞋子改大一点儿就行了，改小了鞋号的线可以用背景颜色盖掉。"我说。

实里轻叹了一声，说："看不出来，你还真挺有办法的。"

星期二我们绘画时，爷爷在一旁打开了一个鼓鼓囊囊的超大口袋，问道："小陆，你要哪个？"

"哇，这么多糖果！"小陆的眼睛一亮。袋子里面有买人偶玩具时给的赠品口香糖，还有爆花糖、铅笔型巧克力、可乐味的软糖……都是些我上幼儿园时喜欢吃的糖果。

"我要这个。"小陆选的是"粒粒糖"。

这个糖是自己在糖粉里加上水，揉成松软的糖球，再把彩色糖针^①撒在松软的糖球上面，小朋友们都喜欢这种粒粒糖。

实里说："这种糖，我家是不让买的。"

"是吗？"我附和了一声。

"我爸爸说，人不吃这种东西也能生存，我家里不能有我爸爸不喜欢的东西。"实里又说。

"姐姐你看，软软的。"小陆开心地说。

"好的。"实里好像不太感兴趣，她的回答给人的感觉也是人不吃那种东西也能活。

"你瞧，把糖针这么一沾就做好了。"小陆说。

"咦，给我看一下糖果袋。"实里拿起装糖果的口袋。

"这个糖针的颜色和形状，还有大小都不一样。再比较一下糖果袋上的图，我敢断言，糖果袋上画的糖果色彩

① 用巧克力做成针的形状，然后在上面涂上彩色的巧克力液，让其具有不同的色彩。多用于甜品中，主要用作装饰。

鲜艳，又有光润，看上去很好吃，但是实际上它的颜色跟这个包装怎么看都不一样。"

　　也许是条件反射，听了实里的话，我一下子想起了餐厅里的啤酒泡沫事件。对，他们父女俩有点儿像。怎么说呢，就是觉得实里和他爸爸是用同种"材料"塑造出来的。

冲向终点

从周三早上开始，我们班要练习蜈蚣赛跑。眼看着集合时间到了，壮司呼哧呼哧地喘着气跑过来，"怎么回事，就这几个人吗？我可是跑过来的。"

今天来了八名男生，七名女生，一共只有十五人。

"今天早上没来的人，明天请一定要来。不来的话，没办法练习。"班委平林同学在放学前的班会上强调了好几次。

到了星期四，来晨练的人增加到了二十人，不过还是有人没来。"明天全班同学必须都来参加练习！"平林同学又强调了一遍。的确，二十八个人的脚步不合拍的话，绑在一起的腿就不能顺利前进。

这天傍晚，我在旗帜上涂颜色时，问实里："你喜欢参加运动会吗？"实里没有停下手，只是回答了两个字："一般。"她手拿着沾满灰鼠色颜料的毛笔，一滴颜料也没落下，利落地涂在运动鞋上。

"我不喜欢参加运动会，因为我跑不快。不过，我更讨厌今天擅自不来晨练的家伙们。"我说。

"嗯。"实里答道。

我心想，什么呀，实里就会"嗯，嗯"的。

"可能是有的人早上起不来吧！"实里说。

今天早上，实里后脑勺的头发乱七八糟地翘着，看上去无精打采的，我想实里是在说自己呢。

"我在想啊，"我放下手中的画笔，"我们在这周之内把班旗做好吧。"

"为什么？"实里问。

"这是我个人的想法啊，我觉得我们已经做得差不多了。"我说。

班旗绘制进展顺利，都是靠实里画。连在一起的大小不同的二十八只运动鞋，看上去就像是真的，活灵活现的。看着这个画面，我仿佛听到了运动场上唰唰唰的脚步声，"希望同学们看到这件精美的作品后，能激发起他们来参加蜈蚣赛跑练习的积极性。"我说。

"能画完吗？"实里还是有些担心。

"能画完，是你提议把全班同学的名字都写上去的，你还说这也许会提高班级的凝聚力呢。"

听我这么一说，实里只是短暂地停了一下笔，马上又开始画起来，嘴里还说道："别偷懒，快涂颜色，动作慢了，这周就画不完了。"

"是！"我立刻回答。

怎么回事？实里给我下命令，我怎么一点儿也不讨厌呢。

周五傍晚下起了雨，实里打电话说："不好意思，下雨了，我去不了小丈家了。"

实里的出行工具只有自行车，她可以穿雨衣，但是她不想让小陆也跟着淋雨。

知道不能勉强让她过来，我就问："那明天或者后天来，行不行？"

实里想了一下，"明天可以，还是带小陆去，可以吗？"

"当然可以了！"

星期六早上，晴空万里，爷爷说："今天午饭我给你们做特制墨鱼炒荞麦面条。"

我心想，又是吃这个，爷爷只会做墨鱼炒荞麦面条，我是吃墨鱼炒荞麦面条长大的。

爷爷似乎看出了我的心事，他说："你不高兴？上回我问小陆，他说没吃过墨鱼炒荞麦面条，我想做给他吃。"

爷爷一早就去街那边的鱼店买来了新鲜墨鱼，已经开始准备上了。

可是，时间一到，只有实里一个人过来了。

看到站在玄关的实里，那一瞬间我就明白了，一定是发生了什么事情，因为她的神态跟星期天在超市里看到的一模一样。

"小陆呢？"爷爷问。

实里好像是逃出来似的，呼哧呼哧地喘着气，带着哭腔说："他来不了了。"

"爷爷，怎么办才好呀？"她像是诉苦似的，一下子抓住了爷爷的胳膊，眼睛通红，哗的一下流出了泪水。

"我以前就说过，不要爸爸。"说到这里，她大声哭起来。她浑身颤抖，抓住爷爷哇哇大哭。

"好了好了，我知道了。小实里，你先进屋来，来，进来。"

爷爷搀扶着实里，让她坐在客厅的沙发上，用纸巾给她擦眼泪。

我想实里可能不想让我看到她这个样子吧，于是我站在客厅门口没进去。爷爷说："没事的，你也进来吧。"他用眼神看了一下沙发。

等实里情绪稍微平静下来，爷爷开始问她："发生了什么事？"

"今天早上爸爸又对妈妈吼起来。"

"哦。"爷爷应答着。

"我护着妈妈，不让爸爸吼叫，爸爸又冲着我吼，所以我也回敬了他：'你不要再大吼大叫的，我不想有你这样的爸爸！'"

实里的心情好像平静些了，她开始缓慢地、字斟句酌地说起来："过去只是觉得爸爸是一个性急爱发火的人，但是还没到讨厌的地步。因为爸爸经常跟我一起做游戏，教我很多东西，挺有趣的。可是，自从搬到这里，他比以前更爱发脾气了，什么事情不顺他的心意，就马上吼叫起来，总是吓我一大跳。"

实里每说完一句话，就紧紧咬一下嘴唇，"妈妈说，爸爸是因为工作不顺利才发脾气的。"

"是呀，大人也有很多不顺心的事情。"爷爷说。

实里接着又说："不过，我觉得有一半原因是因为妈妈，妈妈总是出差错。妈妈每次出差错，爸爸就会吼起来。妈妈要是稍微还几句，爸爸就像火上浇油似的，暴跳如雷，很恐怖。所以每当他俩刚开始吵架，我就会在心里反复祈祷，求求你了，妈妈，快老老实实地道歉吧。"

"唉！"爷爷也露出痛苦的表情。

"可能是我的想法传到了妈妈那里，妈妈只要一出错，都是马上道歉：'对不起，是我不小心，以后我会当心的，你原谅我吧。'我拉着小陆躲在我们的房间里，听到妈妈道歉的声音，我彻底放心了。风暴终于停下了，可是……"

说到这里，实里又开始哭起来，泪水流到脸颊，流到下巴，落到膝盖上，她也没有擦掉的意思。

"我看到，厨房里紧靠在墙上的塑料垃圾桶裂了一个大口子，我也不知道是不是为了不让爸爸知道才放在那里的。不过那个大口子就像伤口一样，看着挺吓人的。"

实里使劲地抑制住哭泣，继续说道："有一天我放学回到家，听到厨房里有很大的动静，是妈妈。妈妈脸色很难看，使劲地踢垃圾桶，踢了好几下，后来就蹲在那里哭泣。"

爷爷紧紧地抱住了实里。实里痛苦地哭诉着："妈妈崩溃了，妈妈崩溃了！"

我气得想挥起拳头，心想："正解真是混蛋，难怪实里去房屋中介，她是要保护她的妈妈。"

我的胸口一阵剧痛，泪水也稀里哗啦地流下来。这种事情在我家里是怎么也想象不出来的，实里竟然一个人一直忍受到了今天。

"你和你妈妈都遭罪了，太痛苦了。"爷爷也眼含热泪，抚摸着实里的后背安慰着她。

丁零零，丁零零，二楼阳台上忘记收起来的风铃摇动了几下。也许是清脆悦耳的风铃声，像涓涓细流浸润了实里那波澜起伏的心。看到实里稍微平静下来，爷爷问她："小陆怎么样了，他在家吗？"

实里摇摇头，"我说不要爸爸了，爸爸就冲出了家门。小陆说：'姐姐，我去追他，我们是男队。'说着就急急忙忙地去追爸爸了。"

"男队？"爷爷不解地问。

"小陆出生后，家里正好两个男的，两个女的。野外宿营时，男队支帐篷，女队做饭；年底大扫除时，男队丢垃圾，女队擦地板。"说着，实里的脸上稍微露出一点儿笑容。

"因为我总是躲着爸爸，所以小陆就得守着爸爸。爸

右手的秘密 YOUSHOU DE MIMI

爸说暑假带他去牧场，他一次也没有拒绝过，保证会跟着去的，他一直在容忍着爸爸。都是我不好，我是姐姐，却不能保护弟弟。"说着，她又哭起来。

我懂了，我想小陆的确是一直忍着，跟他爸爸在一起，怎么说呢，小陆应该会非常累。那么小的孩子又想装作不知道，又想快速逃离，他的心会很累的。如果换作我，我只要自由自在快快乐乐就好。

我心想：实里，不要太自责了，我见过小陆的另一面。

"你等一下。"

我从自己的房间里拿出相机，翻找出一张照片，把相机放到了实里的手里，说："没拍好。"

这是那天早上在牧场看日出时拍的。朝霞下，一大一小的背影紧紧地靠在一起。大的背影给人靠得住的感觉，而靠着他的小背影是一种安心地把身体托付给大背影的姿态。

"这不是拍得挺好的嘛。"

听爷爷这么一说，实里哭红的眼睛一眨不眨地看着照

片，嘴唇抽动着："男队。"

她的表情又变成了回忆幸福时光时流露出的愉快表情。

"我说小实里，今后你父母的事情也没别的法子，只能是他们自己解决啦。不管结果如何，你都不要自责，明白了吗？"爷爷安慰实里。

实里点点头。

我该做点儿什么呢？我站起来走到电话机旁，给正在餐厅上班的妈妈打了个电话。

"你问小陆和他爸爸，嗯，来了。"妈妈在电话那头说。

"好的，谢谢！"我说。

放下电话，我转过身来说："实里，我们去牧场玩吧。"

我觉得实里不能以现在这种心情度过这一整天，就这么待到傍晚回家的话，她的心情还是沉重，回到家里又该跟她爸爸顶嘴了，她爸爸也许又要发火、吼叫。

实里接受了我的提议，轻轻地点点头，站起身来。

"爷爷，能开车送我们去牧场吗？"我说。

"去牧场，好吧，五分钟就能到。"

我听见爷爷扑哧一声笑了。哎呀，我立刻后悔了，我们应该骑自行车去。

实里看到爷爷的爱车，神情显得有些惊讶。我能理解她为什么惊讶，因为爷爷都快七十岁了，却驾驶一辆红色跑车。

"你们系好安全带了吗？"爷爷问。

"嗯，系好了。"我说。

我又对实里说："你坐在车上可能会有点儿害怕，不过你放心坐。"实里有些不解地看着我。

"爷爷，实里坐在车里，慢点儿开。"我又叮嘱爷爷。

"你说让我慢点儿开？小学生给我提建议还真是早了一二百年呢。"爷爷"哼"了一声，用右手拧了一下钥匙，车发出咯吱咯吱的响声，同时，座椅下方也震动起来。看他踩油门的动作，我马上意识到，爷爷今天开车要比平时更猛。

右手的秘密
YOUSHOU DE MIMI

"好的，出发！"爷爷说。

爷爷只要手握方向盘，马上就会变成另外一个人，吓得实里小声叫了一声"妈呀"，然后就一声不吭了。

"好了，到了。"爷爷说。

"谢谢爷爷！"实里说。

爷爷今天开车比平时稳多了，但还是飞快，一眨眼的工夫就到了牧场。我让爷爷等在车里，我和实里去餐厅。

妈妈一看见实里，马上笑眯眯地迎了上来，"是小陆的姐姐呀。不好意思，我家小丈总给你添麻烦。"

我不明白妈妈为什么要向实里道歉。

"刚才小陆说他们去练棒球。"妈妈说。

一听说他们去练球了，我心里有点儿紧张。要是让实里看到她爸爸那种严格的训练方式就糟了，我急忙说："要不我们先吃个冰激凌再去看训练吧。"

"不吃了，我想现在就去。"实里说。

糟了，我想拖延时间慢点儿走，可是实里脚步飞快，已经走到小山丘了。

"跑起来，小陆！"我马上就听到了喊声。

糟了，糟了。

"好——！就是这个速度！好！跑得好！小陆。"

什么？今天小陆被表扬了？我有些不相信自己的耳朵。

我跑上小山丘，看到了小陆和他的爸爸。我听到正解说："小陆，这个球投得好！"我惊讶地看着他们。

"好——！球接得也漂亮！"正解又表扬了一句。

小陆的接球和投球都比上次他们练球时要好好几倍。

"小陆在笑。"离得那么远，实里都能看得清楚。服了，到底是当姐姐的。

秋高气爽，我和实里并排坐在草地上，呆呆地看他们练球，看了好一会儿。

"对了，你还是觉得你爸爸很严厉吗？"我问实里。

"是呀。"她回答道。

我觉得我这个问题问得不好，于是就不作声了。这时，实里反过来问我："小丈，你几岁开始学习假名（记录语言的文字，是古代日本国民基于汉字创作出来的，是相对于汉字而言的文字）的？"

"我不记得了，反正我觉得从记事开始就会读了。"

"我四岁就会读了。"实里说。

"那么小就会读了？你都记得？"我问道。

"嗯，模模糊糊有点儿印象。我记得爸爸硬让我记住'MI''NO'和'LI'。他是个做事必须做到底，不能半途而废的人。"

实里伸出了右手比画着说:"就说握铅笔的姿势吧,不是这么握,得这么握。前几天我爸爸还训斥我:'你怎么还不会握铅笔呢?你看,应该这么握。'"

"是这样啊。"我说。

"一般我都是按爸爸的要求做的,但是握铅笔的姿势,我就故意不纠正。"

我心想,好家伙,你还是个故意较劲的人呢。

"漫画也是偷着画的。"实里接着说。

"漫画也不让画吗?"

"他经常教育我,'能把喜欢的事情当作工作来养活自己的人,只是一小部分'。这些话我耳朵都听出茧子了,所以我想他不会让我画的。"实里低下头,脸上露出悲伤的表情。

"啊,我刚想起一件事。"实里抬起头,睁大了红肿的眼睛。

"什么?"我急忙问。

"我在幼儿园时画的画,画的是在野外挖红薯。"

实里的眼睛一直盯着远处的父亲，她说："几乎所有的小朋友都是画挖红薯，只有我把整张图画纸都涂上了褐色，在左下角就画了一个红薯。"

可以想象得出来，那是一幅不可思议的画。

"大家都笑话我的画，老师也是一脸愁云，只有爸爸认真地问我画的是什么。"

实里的眼睛还是朝着爸爸的方向看。

"我回答说，我画的是埋在地下的红薯，正在等待我把它挖出来。"

"厉害！你好有想象力。"我不由得赞美了一句。

实里有点儿惊讶地看了我一眼，说："爸爸当时也是一脸惊讶地看着我说：'厉害呀，实里，你是个天才。'从此我喜欢上了画画。"

一股暖流涌上了我的心头，刚才我还想骂正解呢，现在我改变了对他的印象，稍微放心了。不过，还是有点儿不明白，我对实里说："人啊，真是不可思议，一个人的心里装着好几个不同的自己。"我同时也在想，也许我的心里也有几个不同的自己。

听我这么一说，实里点着头，"是呀，有可能。"她忽地站起来，"我过去一下。"说着，她往山丘下跑去。

"啊，姐姐！"小陆一看到姐姐，就欢快地朝姐姐跑过来。正解站在原地，一动不动地看着。

我提心吊胆地看着他们，这时就看见实里走近正解说着什么，最后实里低头行个礼，又飞快地跑了回来。从实里跑过去到跑回来，也就用了五分钟左右的时间。

"我回来了。"实里说。

"好的，你不跟他们多待一会儿吗？"

"旗，今天要画完班旗。喂，伸出你的右手。"

我迅速伸出右手，实里立刻抓住了。她高兴地说："祝贺你，你完全记住了。"

"嗯，是的。"我也很开心。

我这是第一次握实里的手，她的手有些冰凉，但是瞬间我的手就出汗了。

爷爷一直在停车场等着我们，当他看见我们走过来，急忙说："已经好了吗？好，快上车，这里马粪味太熏人了，不能久留。"说着，爷爷又是一脚猛踩油门。

星期一早班会上，全班同学看到我们画的班旗，都非常兴奋。

　　"哇，厉害！"

　　"啊，太漂亮了！"

　　"我看看，我看看，全班同学的名字都写在上面呢。"

　　不出所料，反响果然很好。大家都很喜欢这个班旗，都开心地在班旗上找自己的名字，"这是我的脚，厉害！"连其他班级的学生也跑过来观看我们的班旗。

　　班旗的背景是蓝色，二十八只脚仿佛在蓝天里进行蜈蚣赛跑，给人一种神清气爽的感觉。

　　"你们做得非常好。"持田老师也表扬了我和实里。

　　"这回我们全班都得来参加蜈蚣赛跑训练了。"班委平林同学激动地流着泪说。

　　星期三早晨，全班同学都来参加训练了。平林同学提醒大家："同学们，大家按大小个排成一排，别忘了要保持队形。"

右手的秘密
YOUSHOU DE MIMI

　　我因为个子矮，排在后面。我看见小恒和壮司，还有在女生中个头第二高的实里，他们都排在前面。我还注意到实里的前面是理香。中间休息的时候，我问实里："理香没搞事吧？"

　　"没呀。"实里嘴上是这么说的，但是我觉得绝对有事，我知道就算实里什么也不讲，理香也会乱讲点儿什么。

　　和实里隔着两个人的壮司悄悄地告诉我："她们关系挺融洽的哟。"

　　我说："你乱讲了吧。"

　　壮司说："上次练习中途休息的时候，我听实里说，'理香，你的腿挺长呀'！我当时听了，还挺佩服实里很会说话呢。"

　　听壮司这么说，我就放心了。不过，我觉得实里说的话不是要讨好理香，她肯定只是觉得理香的腿长。不管怎么说，我彻底放心了。

　　大家商量了一下队伍向前奔跑时喊的口号，最后定下来的口号是"一、二，一、二"。

"喊一的时候迈哪只脚？"

"右脚开始迈步，应该是右脚吧。"

好几次我听到大家在讨论先迈哪只脚，我松了一口气。能分清左和右，太好了！

这时有人提出："同学们，要不我们喊'右、左，右、左'吧。"

"左字不好喊吧？"

"那就只喊右，不也挺好的吗？"

大家都拍手表示赞成，全班同学的心在一点一点地连在一起。

但是怎么跑也跑不整齐，中途总是有人摔倒。

星期四在教室里，我旁边座位的麻衣子对我说："哎，小丈同学，你右手上的猫头鹰没了？"

"噢，是的。"我心想我已经不需要"辅助轮"了。

"是实里同学给你画的吧？我也想让她给我画一个呢，当作蜈蚣赛跑的护身符。"麻衣子说。

"护身符？"

"我觉得喊右的时候，右手上有一个猫头鹰，就能跑正确。"

她说得对呀，这就是猫头鹰的力量！我立刻去找实里，求她给麻衣子画一个。

"画一个也行。"实里的语气还是很高冷。她用平时用的油性笔在麻衣子的手上画了一个胖乎乎的猫头鹰。

"麻衣子的是升级版。"我说。

"哇，好可爱！"麻衣子大声地喊起来。周围的女生们呼啦一下围了上来，大家都争着让实里给她们画猫头鹰。

课间休息时，小恒走过来伸出右手给我看："也给我画了。"那是一个戴着眼镜的猫头鹰。

"大家排好队，排队，按顺序排队画。"

不知从什么时候开始，壮司站在实里的旁边维持起秩序来。

真是神速，实里根据每个人的个性给他们画猫头鹰，全班同学自然都很开心。理香也大声喊："快看，快看，我的猫头鹰耳朵上扎着缎带。"

在开放学前班会之前，全班同学每个人的右手上都画了一只猫头鹰。我站起来喊道："同学们，星期天开运动会之前大家都不要洗——手，洗了的话，猫头鹰会消失的……"

"哎，上完厕所也不能洗手吗？"不知是谁在跟我开玩笑。大家一起哄笑，大声说："好——的！"

教室里响起欢声笑语，当然我听到实里的笑声也在里面。

星期五晨练时，全班同学步调一致地往前跑，"右、右、右、右"，脚步坚定而欢快。

持田老师听说后，惊讶地张大嘴巴："发生了什么事情吗？"

大家一起把右手伸给持田老师看："这是猫头鹰的力——量——！"

持田老师马上让实里在他的右手上也画了一只猫头鹰。

老师看着右手上的猫头鹰，喃喃自语道："也许会灵验吧，会灵验的。"

星期六的下午，妈妈给家里打来电话："小丈，小陆和他爸爸来了。"

这是我事先跟妈妈讲好的，要是小陆和他爸爸到餐厅吃饭，就打电话告诉我一声。

我赶到餐厅时，看到爸爸和正解正坐在一起喝冰咖。

"我正跟实里先生说照相机的事呢。"爸爸对我说。

正解满脸笑容，说："听说你是实里的同班同学，还有，听说连小陆你都帮着照顾。我正要跟你爸爸道谢呢，聊着聊着就讲起了照相机。"

"小陆呢？"我问。

爸爸手指窗外，说："他和在店里打工的惠美去小广场玩了。"

就在这时，好像有新的订单，妈妈把爸爸叫过去了。

"不好意思，请慢用！"爸爸急忙站起身来。

正解晃了一下他的冰咖杯子，杯中的冰块哗啦哗啦响。

"我再给您换杯新的吧！"爸爸说。

"谢谢！不用了，我也喝得差不多了。"正解客气地说。

我说："您喝好了！"说着拿起抹布走过去把桌子上的冰水擦掉。

"谢谢！你很机灵，之前你还给小陆送冰激凌，你讲的免费送冰激凌的理由让我很感动。"正解说。

正解用手指了一下桌子上小陆吃剩的饭碗对我说："小陆今天没什么精神，剩饭了。我知道'今天的咖喱牛肉饭搞砸了，咖喱做得比平时要辣'，你这是在安慰我。"

我是匆匆赶过来的，还没想好跟这个人讲点儿什么好，于是我就坐到旁边的一张椅子上。

"实里在学校表现得怎么样？"

他问我，实里在学校表现怎么样，我回答说："我觉得她挺老实。"

"是吗？是挺老实的吧。"

"不过，她走路速度很快。"

正解扑哧一声笑出声来。

"班里的女生都好奇，她为什么走得那么快，她说，那就问她的脚吧。"

"这个回答，很像实里的个性。"正解说。

我和正解开始热络地聊起来，我说："不仅是走路快，她画画速度也快。拿铅笔的样子虽然有些怪，但是实里同学画的画很厉害，画得非常好。"

正解把视线从我这里移开，长叹了一口气："前几天她突然跟我说，谢谢我在她上幼儿园时表扬了她的画。"

正解这是在说那个挖红薯的画。我说："哦，我听她讲过她上幼儿园时画的画。她说大家都嘲笑她的画，只有爸爸问她画的是什么，还表扬了她，她说就是从那个时候起开始喜欢上画画的。"

"那是好多年前的事了。"说着，正解好像要擤鼻子，低下了头。

"实里同学的画充满了力量，我们全班同学的右手都有实里给画的猫头鹰，明天在蜈蚣赛跑的项目上我们班有可能拿第一。如果您不信，请过来看我们的比赛。"我快速地讲着，把自己想讲的都讲了。讲完后我马上起身，也不等正解回应，就走了。

星期天，我们终于等来了运动会。

我和实里做的班旗，在秋高气爽的蓝天下迎风飘动。

马上就要进行蜈蚣赛跑了，实里拿着那只笔，走到我跟前："差点儿忘了，还没给你画呢。"

"啊，我已经记住了。"我说。

确实已经好久没让实里在我的右手掌心画猫头鹰了。等实里画好猫头鹰后，我说："实里，你伸出右手，我来给你画个猫头鹰。"

"什么？我就算了，不用画。"实里说。

"不行，你不画的话，全班的'心手相连'就连不到一起了。"

听我这么一说，实里乖乖地伸出了右手。

"你瞧，我也会画猫头鹰。你别动，画好了！"我对实里说。

右手的秘密
YOUSHOU DE MIMI

"画得很像，而且也是反着画的。"实里惊讶地说。

"是呀。"我在家偷偷地练过好多次，我给实里画的是咧开嘴巴正在讲话的猫头鹰。

该上场了，持田老师站在起点摇动着班旗，"同学们，其他什么都不要想，只想着猫头鹰，向终点出发！"

说得太好了！

"啪"的一声，发令枪发出了起跑的命令。

"出发！右、右、右、右……"

蜈蚣赛跑队伍里，同学们上下移动着脚步，开始前进。

"右、右、右、右……"

我们大声地喊着口号，声音都喊得嘶哑了，双腿快速地向前奔跑。虽然很兴奋，但是我的头脑很清醒，我觉得大家一定也跟我一样有同样的感受。

我们的双手一个挨着一个搭在前面同学的肩上，我们手握二十八只猫头鹰，二十八双运动鞋步调一致地向前奔跑，全班同学的心完全系在了一起。

终点就在眼前，我的心激动得怦怦直跳，"正解，你

看见了吗？你瞧，我们跑了第一，我没骗你！"

　　还是图书室那个靠窗的位子，照射进来的太阳光变得柔和多了，宜人的秋季真正到来了。

　　实里对我说，运动会后他爸爸一个人回东京了。"他想重新开始已经放弃的研究。他说可能会有段时间见不到我们，和小陆每周去牧场练球也只能暂停，好在小陆的投球、接球都练得很好了，已经达到了目标。"

　　是的，这很像正解，我点点头。实里又迟疑地补充了一句："我已经有了新的目标。"

　　我问："是什么目标？"

　　实里用手指着漫画笔记本："爸爸说，我画好这个漫画作品后，他想看。"

　　"嘿——我也想看。"我笑着说。

　　实里故意装作没听见，把目光转向了窗外："啊，山顶上的秋色已经很明显了。"

　　我想，实里她们母子三人之所以决定留在这个举目无亲的北街小镇，是因为父母都希望孩子们在贴近大自然的环境里茁壮成长吧。我对实里说："男队只剩下小陆一个人了。"

"没事，每隔三天他都会和爸爸在电脑上通一次视频电话，不会觉得离得太远。"实里答道。

"那也是啊。"我说。

"还有呀……"实里握着铅笔的手，停了下来。

"在视频电话里，爸爸总是笑容满面的。"实里喃喃自语道。

沐浴着秋阳，她的声音很轻柔。

后　记

　　我是在成年之后，才遇到分不清左右的人，那是一个五十多岁的人。一开始我还在想，真有这样的人？可是当我着手做一份自己不擅长的工作后，相信了真有这样的人。我是能分清左右的人，但是当我用英语说左右时，我一定要先想象自己是站在棒球场的击球区里。没有这个过程的话，我怎么也答不出来哪边是左，哪边是右。所以每每想到我遇到的这位不分左右的朋友，在漫长的岁月里，在各种环境里因为分不清左右而感到不便，我的心便隐隐作痛。

我遇见过很多人，深感"每个人都是不一样的"。如果在人的心中有一个整理心情的置物架，每个人的架子都会不同吧。身体不舒服时，我立即怀疑是不是得了什么重病，也许我放置"不安"的架子太小，放不下我过多的"不安"。犯了错误也能马上改正的人是不是拥有坚固的能够整理所有"失败"的架子呢？他放置"欢乐"的架子应该是又大又拥挤，而"悲伤"的架子空空如也。不过，重要的是，在整理架子之前，先把皱巴巴的心情抚慰平整后再放上去。如果问题太大，就像持田老师那样找人聊聊，寻找解决的方法。再不就像壮司的奶奶那样，说一句："啊，我真没辙了。"这时一定会有人注意到你有困难了，会主动来帮你。

亲爱的读者，当你遇到烦恼时，你就这么做吧，我希望你这么做。

小丈说："人啊，真是不可思议，一个人心里装着好几个不同的自己。"当你整理完"心情架子"，也许你能看到其他东西。我想那应该是一些不可思议的东西，是值得回味的东西。

感谢你读完这本书！我由衷地感谢在邂逅"福禄贝尔馆新人奖"之前的岁月里，所遇到的每一位！